爱無能

love fecklessness

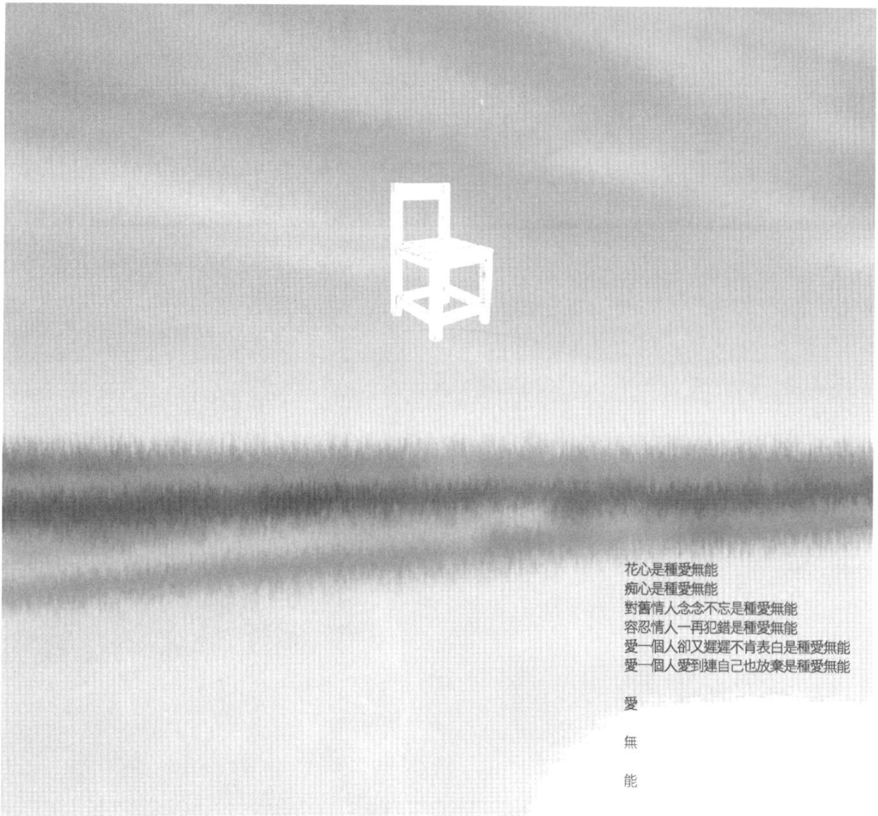
花心是種愛無能
痴心是種愛無能
對舊情人念念不忘是種愛無能
容忍情人一再犯錯是種愛無能
愛一個人卻又遲遲不肯表白是種愛無能
愛一個人愛到連自己也放棄是種愛無能
愛
無
能

《自序》

這是本輕鬆恢諧的小說，很可愛的小說，帶著美式幽默的對白，我自己這樣認為。

很少在序裡這樣推薦自己的小說，因為我畢竟有點害羞，不過《愛無能》實在讓我忍不住推薦它那麼一下，因為首先，從書名我自己就很喜歡——雖然我始終無法精準的解釋到底什麼叫作愛無能。

寫作的過程也保持著相當愉快的心情，從醞釀到構思至動筆、幾乎是一氣呵成的將它完成，非常愉快的一次創作過程，雖然那個冬天冷的我直想咬舌自盡，而偏偏我又幾乎都在夜裡寫作，不過總歸而言，還是感到愉快。

感謝火星爺爺讓我引用他《第三號小行星》這書裡的內文，更感謝的是，火星爺爺寫出那麼棒的作品，每次只消看一眼火星爺爺的書存放在我的書架裡，就會感到心頭一陣溫暖，不誇張。

爱無能

love fecklessness

雖然這書開頭的主題是源自於網路，不過我自己本身倒是不太花費時間上網，也沒有自己的部落格或者個人網站，曾想過弄個地方收錄自己的作品集、也寫寫心情散文，不過對於這方面的事情，實在很不拿手，我想我真的好像是個現代原始人；而書裡的人物依舊是完全虛構，名字則是完全借用於身邊的朋友或者非朋友，不管是這本書，或者之前的每一本，都是。

橘子

》第一章《

和橘是在網路上某個社群所認識的網友，而關於我們是如何發現這個社群並且加入的最初原因已經不可考，但我個人喜歡將它解釋成緣份。

一開始和橘只是聊的來的網友，聊聊這個聊聊那個，聊所有不痛不癢純粹打發時間用的話題。

慢慢的，就像是全世界所有聊的來的網友都會做的事情那樣，我們交換照片交換電話，我們並且開始參與這個社群的網聚，我們開始走出無形的網路走入真實的人生。

我們開始變成真實生活中的朋友，對於彼此的稱呼不再是網路上那或者令人不解或者令人發噱的暱稱。

橘的名字裡有個菊，但她個人覺得這個菊字很LOCAL很不適合她——橘認為她個人是歐美風——於是橘堅持要我叫她橘。

橘的年紀長我三歲，高職畢業就開始工作並且二十過幾歲時就自己當起老闆來；橘的個性就像太陽那般的溫暖卻不刺眼，像個愛照顧人的大姐姐似的溫暖；橘說我的款很像她家裡的那個弟弟——一看就是會劈腿七人並且搞大女生肚子的那個款——只不過我最多只劈腿過三人，並且我可沒像她弟弟十七歲就當起未婚小爸爸來。

甚至我們都來自於台灣的最南端並且兩家只隔了一條街。

走入真實的朋友。

橘說我的款確實是在她會喜歡的類型裡，而我向來也喜歡交往大姐姐型的女生，我常在想如果在相識的最初有一方提出交往的要求，那麼對方肯定是不會拒絕並且欣然接受的，只不過不知道為什麼我們始終沒有這麼做。

世紀之謎，對於我們而言或許可以這麼說是。

橘的說法是她才不會想要染指有女友的男生，而至於我則認為我們實在是太熟太熟了。

當兩個人熟識到了某種程度之後，愛情往往就無法趁隙而入。

鬆了口大氣，這是當我們確認彼此都沒有想要交往的念頭時，雙方面當下的第一個反應。

『你呀，別人把心交到你的手上只會被你弄碎。』

橘老是這麼說我，每當我們聊及我的感情生活時，所以我才會有點奇怪橘怎麼會想要找我打工，並且打工的名稱叫作是傳達者。

『傳達者？這是什麼東西？某種新糖果的名稱嗎？』

結果橘沒有回答我，卻拉著我筆直的往書局走去，橘找到一本火星爺爺寫的《第三號小行星》這本書，立刻結帳之後又拉著我——橘絕大部份的時候行為實在是有夠粗魯——到最近的咖啡館坐下，並且要求我立刻翻開來閱讀第一章。

當橘抽完第三根香菸的時候，我同時也了解到關於傳達者的這個東西：

「這麼說好了，你有沒有什麼很想念的人，曾經非常要好，但是因為某種原因，你不能再跟他見面？有沒有這樣的人？」

我想了一下：「好像有。」

「你不能跟他見面，但是很想知道他的近況，想知道他最近過得好不好怎麼辦？」

「怎麼辦？」

「你可以花錢委託我，我會去跟他見面，我會去拜訪他，我會偽裝成一個客戶，或是一個信用卡的推銷員，去跟他聊天，去觀察他的生活，然後回來把我所看見的，以及我跟他的對話說給你聽。」

『妳頭殼壞去了嗎？』

這是我看完之後的第一個想法。

『別人寫在小說裡的東西，妳怎麼會覺得有真實的可行性呀？』

『Why not?』

結果橘這麼反問我，順便還噴了我滿臉菸；我這才想到網聚已經結束，我可以回到自己而不再扮演網聚裡那些媽媽姐姐們眼中的研究生乖寶寶；想跟橘借根菸抽結果卻發現橘抽的是涼菸，所以還是作罷。

『因為太夢幻了吧？妳看愛情小說嗎？』

橘搖搖頭，然後挑著眉示意我繼續往下說去。

『那還好，要不妳看了愛情小說歌誦愛情有多美麗感人、真愛確實存在，然後就信以為真跑去跟個豬頭至死不渝還一生一世的話，我準會笑死妳。』

『拜託哦！你以為我會那麼白痴嗎？我頂多只看慾望城市而且只看到第四季，因為第五季被剪的莫名其妙而第六季的結局又太美麗我吃不消。』

『那奇怪妳明明頭殼沒壞去怎麼會想要把小說裡的東西弄到真實人生中來搞？』

『因為太喜歡傳達者這東西了，喜歡到非得把它搞到我的現實生活中不可。』

捻熄了菸，橘說。

『我開徵信社，你記得吧？』
『印象深刻咧。』
『所以啦！如果有客戶需要傳達者的話，剛好我有資源可以幫客戶找出那個人，這是我的強項，然後我把被尋者的資料PASS給你，你去扮演傳達者的角色，再回報給客戶，這是你的強項。』
『何以見得？』
『我不曉得。』
『嘖。』
『而且重點是，如果我的客戶是女生的話，不管幾歲你都不准染指她，也不准讓她愛上你。』
『為什麼？』
『這是商業道德的問題，而且關係到我的信譽。』
『哪個性慾？』
『你冷掉了哦。』
『哈！』
『反正我們這一行很忌諱這一點，而且重點是——我可不想惹麻煩。』
『哦。』

『那就這麼說定囉。』

『不過，我還是有個問題。』

『啥？』

『真的會有人需要傳達者嗎？尋人還說的通，但尋到人卻不見面，只想透過傳達者知道對方的近況……怎麼想我都覺得好奇怪。』

『你還年輕當然不懂。』

『我已經二十四歲了耶。』

『我所謂的年輕指的並不只是實質上的年紀。』

結果橘這麼回答我。

本來我以為橘只是一時興趣好玩說說，結果沒想到隔天就接到橘的電話說是有案子上門。

『不是吧？妳是玩真的哦？』

『那當然，你什麼時候看老娘說笑過？』

『三不五時。』

『你屁彈。』

『真的呀。』

真的。

第一次和橘見面的時候我就被她給騙到了。

那時候橘拿著手機給我看照片，照片上是一個兩歲多一點的小男孩，頭光光的腿短短的笑容憨憨的，橘說那是她兒子，我有點遲疑的說不知道原來她結婚了——

『幹什麼結婚才能生小孩？』

結果橘這麼反問我，接著喜吱吱的描述關於小短腿——橘這麼稱呼這小孩——的一切。

『那為什麼有了小孩還不結婚？』

橘嘆了口氣，表情黯淡了下來，橘輕描淡寫的提起那個男人、孩子的爸，橘話說的很輕但神情卻好沉，當我感覺到心疼並且心揪了的時候，橘卻突然爆笑出聲，並且大肆的嘲笑我真好騙。

『那是我小姪子啦！哈～～笑死我了。』

『喂！拜託不要隨便拿這種事開玩笑好不好？』

又氣又惱的，我抗議道。

『男人是超級禁不起這種玩笑的啦。』

『小短腿真的跟我很像哦。』

『像個屁。』

『真的啦！帶出去每個人都以為小短腿是我兒子耶。』

『那是因為妳帶著他到處騙人吧？』

『並沒有，而且，我比他媽媽還像他媽媽咧。』

『妳病了妳。』

『妳病了妳。』

此時此刻，我又說。

因為橘說她先把這個訊息貼上網路——MSN暱稱、她在部落格的網頁、甚至是YAHOO拍賣網站——然後當真有人來詢問，並且還成交。

『是認識的人嗎？』

『就我朋友呀。』

『那搞不好對方只是在跟妳找話聊，妳少在那邊耍天真。』

『我說啊這位少男，天真這東西已經在姐姐我身上不見很久了哦。』

『也對。』

『嘖！反正明天就知道了，我要他先匯一半當訂金，老娘才沒笨到做白工咧。』

『這種事情有收費標準嗎？』

『規矩是先付一半訂金，事成之後再收尾款。』

『了解，但我問的是收費價碼並不是收費規矩……』

嘖！

『哦…價碼寫在對方臉上。』

『此話怎講？』

『越讓我討厭的臉我收的越貴。』

並且…

『所以我喜歡跟討厭的人做生意。』

》第二章《

『人生是團狗屎！』

打電話來，劈頭哥哥就說，而這句話也是他一貫的開場白。

『怎麼？中午吃到難吃的便當嗎這次？』

『不，這次我是說真的！什麼鳥事都發生在我身上，我簡直煩的想把腦袋伸進微波爐給轟了算！哇啦啦嘰呱呱……』

然後哥哥就開始抱怨了起來，只不過哇啦啦嘰呱呱的內容和——中午吃到難吃便當，所以我覺得人生是團狗屎——的程度差不多。

『那機車廢氣臭的我想關上車窗算了！可是有什麼辦法呢？我正在抽菸呀我當時，快給氣死了我！為什麼偏偏要挑在我搖下車窗抽菸的時候媽的來輛烏賊車還偏偏停在我車前等紅燈呢？

『抬頭一看你猜怎麼著？原來是個大肥婆騎台小五十，媽的我簡直為那台可憐的小機車掉眼淚，直想下車叫她要不減個肥要不去修車，當然想也知道是修車會比較快，那廢氣真的是臭的我！

『嚥不下這口氣我真的！你能想像我當場下車說這公道話的話，隔天報紙會寫的多誇張嗎——』

哇啦啦嘰呱呱。

什麼事都愛抱怨的哥哥，什麼事都能抱怨的哥哥，哥哥的專長就是抱怨，我常懷疑這是不是因為哥哥的人生過份美好的關係，美好到他找不出個什麼屁可抱怨，所以只好什麼屁都瞎抱怨一通。

命太好的哥哥，從小就被寵壞了的哥哥。

哥哥是我們這一輩的第一個小孩，備受寵愛的長孫。

我常以為哥哥之所以被生下來為的就是付諸實行茶來伸手飯來張口的這件事情。

命太好的哥哥，從小就被寵壞了的哥哥。

高中時哥哥突發奇想說是要到餐廳打工，家裡長輩們聽了無不既憂又喜，憂的是從小就被捧在手心裡疼的長孫到外頭會受苦，喜的是從小就被捧在手心裡疼的長孫懂事了自動自發的想要到外頭體驗人生；結果誰曉得哥哥才當了一個月不到的服務生就被挖掘去當模特兒。

大學後哥哥突發奇想說是有機會進演藝圈，家裡的長輩們聽了無不既憂又喜，憂的是那現實出了名的演藝圈會讓他們心愛的長孫受委屈，喜的是他們心愛的長孫這輩子沒受過什麼委屈，不如趁這機會受受什麼叫作委屈也好；結果誰曉得哥哥連新人的委屈都沒嚐過幾次的就這麼迅速竄紅。

始終被保護的好好的哥哥，大明星的哥哥。

啦啦啦的弟弟，把我給煩透了的稱號。

『所以我說人生是團狗屎，我恨它！』

『既然這樣的話，你幹嘛不直接去死就好了。』

哥哥先是楞了一下、對於我這突然不耐煩的口氣，不過哥哥並沒有問我怎麼啦心情不好嗎——哥哥的眼底從來就只有他自己的存在——卻是瀟灑到不行的說：

『不活著我怎麼繼續抱怨這團狗屎？』

『說的也是。』

『噢~我該睡了，掰。』

然後哥哥就乾乾脆脆的掛了電話，我抬頭看了電腦螢幕右下方——十一點整——真是一秒不差。

電話才放下卻又緊接著響起，是橘：

『在跟新女朋友瞎聊哦?講那麼久電話。』

『沒啦，是我哥。』

『我不知道你有哥哥耶。』

『因為我沒說過呀。』

『哦。』

『嗯。』

『對了，要開工囉小朋友。』

『這麼快?』

『是呀，不過第一次是人情價做口碑，只要去吃個喜酒幫忙把祝福送到就可以。』

『吭?』

不等我反應過來，橘就說了時間地點，隔天橘開著車帶著喜帖以及禮金來到我的宿舍接人。

開工。

陌生人的喜宴。

晶華附近的中式餐廳，席開十桌左右的小型宴會，還請了民歌手現場駐唱。

新娘濃妝艷抹，新郎微微禿頭，婚紗照上的兩人看起來好幸福的樣子，或者起碼他們努力著讓別人看他們好幸福的樣子。

在接待桌遞了禮金袋上寫有委託人姓名的禮金之後，橘挽著我走進會場，一坐定我們就開始極有默契的專注進食，也不和鄰桌的賓客寒喧交談、也不對台上的貴賓致詞鼓掌示意，連對彼此也不發表關於這場喜宴的評論，就是專心的進食，我們兩個人專心只進食的程度簡直活像是兩個剛好併桌湊位子的陌生人。

專心的進食。

直到新娘開始逐桌敬酒時，橘才終於拿出手機撥出號碼，視線時不時的望向新娘，嘴裡很詳細的描述這喜宴的種種，等到新娘舉杯來到我們這桌時，橘輕輕拉了新娘一下，低聲說：

『啦啦啦要祝福妳。』

接著橘把手機遞給新娘，不一會新娘把手機還給橘並且說了聲謝謝；當新娘子說謝謝的那個當下，我看見她的眼眶好像有點泛紅；不過這也可能只是我的以為——關於新娘子說完手機眼眶泛紅的這件事情——畢竟我的近視有七百度。

『走了，任務完成。』

『疑？』

『還是你想像個歐巴桑一樣待到最後包菜尾？』

『怎麼可能。』

我只是打包糖果而已。

把全部的喜糖一掃而空放進背包之後，我跟在橘的身後離開。

離開之後橘帶著我來到可以眺望晶華的——奇怪晶華有什麼好眺望的——一杯要價五百元才給無限續杯的——麥當勞一杯咖啡三十塊就可以續到咖啡因中毒了——貴死人的咖啡廳喝咖啡，燃起各自的香菸，一邊聽著鄰座日本人說著日語時，橘這才開始找話聊似的說起這次的案子。

新娘是委託人愛了好幾年卻始終愛不到的女人，委託人公道來說是經濟水平普普、本身條件也不怎麼出色的老實人，甚至還有那麼一點的矮——甚至還有那麼一點的矮——是客氣話而不是公道話。

『不過人倒是很好，有口皆碑的好。』

『好到讓人覺得不欺負他是對他不起那樣程度的好？』

『差不多是。』

新娘被委託人愛了好幾年卻始終猶豫著要不要接受這份感情——雖然在我看來新娘也嘛還好而已，真是搞不懂怎麼會有人想要愛她好幾年——像是邱比特終於看不下去那樣，有天新娘的上司突然對她提出交往的請求，接著一個月之後，兩個人就開始計畫起結婚的準備。

就這樣，委託人夢寐以求的新娘到頭來變成了別人的新娘。

愛了好幾年到頭來還是沒愛到。

『要換成是我的話，不嘔死才怪。』

委託人感覺到心碎了又碎，想力爭卻又自覺本身條件不如對方，想親眼看愛了好幾年的女人變成新娘的模樣卻又怕自己淚灑現場情緒潰堤，就這麼猶豫不決左右為難時，他看到了傳達者的這個訊息。

以上。

『既然愛了好幾年還愛不到，那幹嘛還愛好幾年？』

聽完整件事情的來龍去脈之後，這是我心裡最大的納悶。

『因為他本來算好了耗到女人適婚年紀時說不準就會點頭了。』

『結果卻失算，女人到了適婚年紀卻點頭變成別人的新娘？』

『Bingo!』

橘甜甜的笑說，接著唱起心愛ㄟ嫁別人，而且還唱的有點大聲，真是沒禮沒貌。

續了第三杯咖啡以平衡單價到一杯兩百塊以下之後，我們又開始聊起了傳達者這個玩意。

橘問我如果換成我是委託人的話，我會想要找的人是誰？

想了想，我回答：球鞋。

『吭？』

『高中時我最心愛的籃球鞋，我愛它愛到平常都不怎麼捨得穿它，結果沒想到卻被不知道哪個賤芭樂給幹了走，我簡直心碎到不行，那是我第一次嚐到心碎的滋味。』

『那第二次心碎是？』

『還不曉得，等遇到了再告訴妳吧。』

『你沒為女人心碎過？』

『女人是一起HAPPY用的，不是心碎用的。』

橘聽了把臉轉開，表情厭惡到就算她立刻起身走人我也不會覺得奇怪。

第三杯點來平衡單價用的咖啡上桌之後，我們繼續又聊起我那不翼而飛心碎籃球鞋。

『買不到了嗎？那籃球鞋。』
『對，因為是限量的紀念鞋，那時候就很難買到，現在更是不用說的買不到了。』
不知道有沒有這個必要，但我還是決定補充說明：
『而且那是我哥哥第一次買禮物送我。』
『噢……那你後來還有愛上過別的球鞋嗎？』
『當然嘛有，而且很多。』
並且：
『死心蹋地不是對鞋子用的。』
『那死心蹋地是要對什麼用的？』
『不曉得，我還沒想到。』
『噢。』
接著橘掏出四張鈔票遞過來給我，說是要我拿去買雙球鞋犒賞自己當作是這次的酬勞。
『這麼多？妳不是說這次是友情試做嗎？』
『是呀，但因為委託人自己不曉得該包多少禮金，所以他給了我十張要我幫他做決定，剩下的當車馬費。』
『所以妳幫他做的決定是？』

橘比了兩根手指頭，臉上一點心虛的表情也沒有而且還笑的很甜。

『沒必要為別人的女人花大錢做祝福。』

並且：

『蠢了那麼多年，到最後也該適可而止了。』

『嘖嘖嘖。』

搖著剩下的四張鈔票，橘又說：

『再說呀，誰不永遠少雙鞋嘛，呵。』

》第三章《

當橘打電話來的時候，我正和個女網友約在星巴克見面喝咖啡。

女網友是個全國前百大企業的業務員，年薪過百萬的那種業務員；可能是因為蹺班假裝談業務的關係，女網友穿著一身Office Lady的套裝，年紀近三十左右，不過整個人倒是嬌小可愛的看不出真正年紀，尤其是她還長了張白皙圓潤的娃娃臉。及肩的黑中長髮、明顯離子燙過，眼睛大而明亮、明顯帶著桃花，鼻子小巧嘴唇薄薄，笑起來嘴角還漾著迷人的小梨窩、並且小鼻子還會可愛的皺起來，整個人活脫脫像是日本女星山口智子的台灣版——雖然女網友自嘲早年都被說像是楊貴媚。

不知道是不是女網友臉蛋太迷人的關係，相形之下她的身材倒是有那麼一點的令人遺憾。

典型的西洋梨身材：中等身高，胸部不大，小腹微凸，屁股偏大但還算翹的誘人，不過裸露出來的絕大部份的肌膚倒是光滑如絲。

光滑如絲。

如果她的聲音也能光滑如絲就好了，或者起碼有一半的程度就太太太好了。女網友的聲音正是典型的破嗓子，就像是香港女星張柏芝那樣的嗓子，正常說話聽來就十分沙啞，情緒激動時聽來則會叫人捏把冷汗——

不知道這樣的聲音在棉被之下床單之上會不會造成雙方面的困擾呢？

就當我腦子裡非常認真的困擾著這問題時，橘來了電話。說先前第一次提過的那委託人匯了訂金進來，橘簡短的說了對方的資料要我自己擇日開工，還提醒我別忘了確認訂金一半有匯進我的戶頭，最後橘說她正在跟監不方便多講然後就掛了電話。

『CK？』

手機掛上之後，女網友不解的問我。

『吼～～怎麼可以偷聽我講電話！』

女網友嘟著小嘴巴皺著小鼻子以示無辜，如果不是因為她本人長的就超可愛的關係，看來真的會很像是在故意裝可愛。

不過也有可能是兩者都是。

『是香水還是衣服？』

『疑？』

『CK呀，你們剛聊的。』

『哦，是內衣。』

接著女網友眼睛一亮，說她本身就是CK內衣的愛用者，正好這陣子忙翻了沒空去關照進新貨，乾脆就擇日不如撞日的一起去逛逛吧。

『不過，才第一次見面就一起去買內衣會不會？』

『會怎樣嗎？』

『好吧，姐姐說了算。』

也好，反正女友從來就不穿CK的內衣。正好。

百貨公司，CK內衣專櫃，委託人所要找的對象站櫃的點。

用眼角的餘光確認對方胸前的名牌無誤之後，我開始善用餘光努力打量這女孩的一切。

女孩大概二十出頭的年紀，清秀佳人型的長相，外表我給七十分——如果不是因為女網友和她面對面做比較的話，我想我會給八十——但服務態度我給絕對的滿分。

因為我一件又一件的詢問著每款內褲的差別在哪裡，而女孩也耐著性子的一件又一件的細說分明，並且從頭到尾笑容可掬。

不知道是不是我的態度在別人看來太容易被誤解成是在把妹，於是女網友老大不客氣的丟了四套內衣以及一張白金卡在桌上叫她去結帳時，音量大的很不自然並且好突兀的問我：

『你問那麼清楚做什麼？要送女朋友的嗎？』

『不是呀，我女朋友不習慣穿CK的內衣。』

女網友的火藥味有點重，而女孩則笑的有點尷尬並且馬上離開說去結帳；如果這個畫面被安插在戲劇裡的話，我想在女孩看來橋段名稱應該是花心男有女友被第三者捉包。

女孩一轉身之後女網友馬上鐵青著臉：

『我不知道你有女朋友了。』

『我以為我說過了。』

『你沒有。』

『那可能是我忘了，不過，我從來就不會隱瞞我有女朋友的這點啦。』

連啦都說出來了在裝可愛的，結果女網友還是依舊把臉鐵青著：

『既然你有女朋友了又為什麼——』

『嗯？』

『算了把話說開好了，我以為你在跟我調情，網路上，還有我們出來見面之後。』

『唔……』

尷尬。

『你不要說是我自作多情哦！是你先開口叫我寶貝的！』

『那是我的習慣，我不知道這樣會造成誤解……』

女網友瞪著我，真是尷尬到一個不行。

就在尷尬到最高點的時候，女孩拿著簽單回來請女網友簽名，同時還有點憐憫的看了我一眼；我對女孩聳聳肩膀笑笑，結果這無心的舉動卻讓女網友更加不爽快。

『你習慣很差。』

提著紙袋離開之後，女網友劈頭就如此說道。

『我不知道這樣會造成誤解。』

『都沒有人告訴過你嗎？』

沒有呀。起碼橘就沒有這麼誤解過，橘甚至她老大心情好時還管我叫小親親咧。

『你女朋友也沒抗議過？』

『抗議什麼？』

『有女朋友的人了還和女的網友單獨見面喝咖啡，陪女生買內衣，還對女店員擠眉弄眼？

『沒有哇。』

不知道該不該說，不過我還是決定說了：

『就是因為她不會管我，所以我們才能交往那麼久。』

『她也和你一樣嗎？』

怎麼可能！

『她不會，我們是完全相反的個性。』

所以我們才能交往那麼久。

本來我還想強調這點的，不過想想算了，因為女網友突然的笑了，她這突然的笑讓我心跳漏了一拍，我不知道為什麼。

不，其實我知道為什麼。

這女人正在瞄我的褲檔。

『那她的底限在哪裡？』

『什麼底限？』

『如果你和別的女人上床，她也不會生氣嗎？』

『不知道的話就不會呀。』

噢～～幹！話才說完我就知道錯了。

我總是太誠實的回答對方問題。

我認為理所當然的事情結果在對方聽來卻像是在挑逗，我覺得習慣了的動作結果在對方看來卻像是在調情。

我其實不是風流不是花心，我只是誠實。

所以我覺得自己好委屈，因為我真的只是就一般論而言要誠實得多了這樣而已。

於是現在，此時此刻，誠實的我跟著女網友來到薇閣，我誠實的面對生理上的慾望，因為除了誠實之外，另外我也很好奇，一直以來我就很好奇傳說中的薇閣到底是有名在哪裡。

除了好奇之外，另外我還很隨和，隨和的我同意讓女網友坐在我的身體上面，她身上穿著新買的CK胸罩，我身下穿著超薄的DUREX保險套，在下我隨和的由她主導扭動著達到高潮，同時也在享受快感之餘，好奇的聽著她在CK之內、DUREX之外的聲音到底會不會造成我們雙方面的困擾。

而至於誠實的那個部份的我，則打了以下的分數：

表情、屁股以及舌頭沒有滿分也有九十，而聲音則由於前三項過於出色於是本人同意勉強給予及格邊緣，至於接下來女網友在我們沐浴清洗之後的中場休息時所進行的談話，個人則認為實在是不及格到一個不行。

『要不要談談你的女朋友？』

『我不在床上和別人談論我的女朋友。』

『那我們去那張沙發上坐著談？』

『這倒是行的通。』

沙發上，兩個人。

正確一點的說法是，我坐在沙發上，而女網友則是整個人側坐在我的身上。

奇怪她怎麼那麼偏愛坐在我身上？

『你騙我。』

『啥？』

『我明明就記得在網路上TALK的時候你說你沒有馬子的。』

『嗯，我是說過。』

『那你剛又說你有女朋友？是怎樣，耍我嗎？』

『不不不——』

不不不寶貝。嘖！還好及時收了口，要不習慣性來上這麼一句，我肯定解釋到嘴巴壞掉也沒有用。

『馬子是純粹SEX用的，但女朋友則不在此限。』

『你沒上過你女朋友？』

『當然嘛有！』

當然嘛有！寶貝。呼！還好又及時收了口。

『那我跟她誰比較厲害？』

『我不跟別人比較我的女朋友。』

『但你是我遇過最厲害的第一名耶。』

『坦白說妳是我遇見過最厲害第二名，而第一名還從缺。』

女網友聽了嫣然一笑，然後滑下身體，展開她厲害的小舌頭。

真不知道是她好騙還我好騙。

第四章

我要女網友在最近的捷運站放我下車即可，因為直覺告訴我讓她知道了我的住處會是個麻煩。

順勢彎進最近的提款機查了戶頭之後才發現橘滙進來的錢真是好多，如果這還只是她說的訂金的一半的話。

於是顧不得身體的疲累——在薇閣實在是耗掉我太多精力了——立刻我就撥了委託人的電話，然後約定好晚餐時間在他公司樓下的咖啡廳見面。

我實在是迫不及待的想看看這凱子爺長的啥模樣。

我比約定的時間提早半個小時到達，先點了咖啡並且抽了兩根香菸然後要服務生立刻把菸灰缸收走之後，凱子爺、不，委託人讓我等了將近一個小時左右不止；因為實在也沒事可做，雜誌不想看、報紙沒興趣、這咖啡館裡又沒有可愛的美眉可搭訕，於是我一邊乾等著一邊回味著女網友的甜美小舌頭，直到我的手機響起之後，才停住了這思緒。

接起電話，然後我抬頭看見凱子爺，不，是委託人就站在我面前。

坐定，點了兩份特餐，委託人以一種很奇怪的眼神打量著我，直到我不自在到極點的乾咳兩聲之後，他才意識到自己的失禮說了聲抱歉——第一次的抱歉是為了他遲到真媽的久——

『抱歉哪，不過我沒想到你這麼年輕。』

『欸，我還在唸研究所，順利的話應該今年可以畢業，沒意外的話應該可以順利。』

然後我也打量起他來，不過是比較有禮貌的那種適度打量法：

和我差不多的身高，我猜沒有一八〇也有一七九——但話說回來，這兩者有什麼差別呢——中規中矩的髮型，白嫩的讓每個女孩都羨慕的皮膚，尤其是那瞇瞇眼單眼皮，讓我看了實在好想拜託他讓我彈他眼皮喲。

『我沒想到你這麼帥。』

『謝謝。』

客客氣氣的我回答，然後在心裡祈禱千萬別接著說：我覺得你長的好像那個明星啦啦啦。

還好他沒有。

我看他一副就是那種典型的工作狂，簡直就只差沒把工作中這三個字紋在額頭上而已；每天睜開眼睛是工作、閉上眼睛就睡覺的那種典型工作狂。

『會這麼想連我自己也覺得好好笑，因為她已經不是我女朋友了，我做什麼還擔心你長的帥不帥、她會不會被你吸引呢？對了，你介意我抽根菸嗎？』

『不介意。』

『你抽嗎？』

我搖頭。

『很年輕吧她？』

『嗯，應該只有二十初吧，不過我不太會看女生年紀倒是。』

委託人比了兩根二。

『我從她國中畢業就開始照顧她了，這麼說或許很奇怪，而且說來話會很長，不過就是這麼一回事。我替她付學費，替她租房子，也固定給零用錢，不過並不是別人聽了會以為的那種包養關係我得強調；而且她很乖巧，生活費之類的都自己想辦法打工賺錢，對了，我剛有說她幾歲嗎？』

『二十二。』

『嗯，對。我三十四了，本來是打算她大學畢業的話我們就結婚的，可是……』

『嗯。』

『我不知道她會寂寞，我工作太忙了，沒辦法不忙，而且我也忙慣了，只是我也以為她已經習慣了。』

『嗯。』

捻熄了菸，委託人悶悶的自言自語似的：

『不知道她現在的男朋友對她好不好呢？』

『要我問她嗎？我應該可以想辦法找她聊天。』

搖搖頭，他苦笑：

『知道了又怎樣呢？那個人比我對她好我會比較高興嗎？還是相反呢？我不知道，不過，我知道反正已經沒辦法挽回了，我只是覺得好心疼…她現在唸夜校，說是要努力賺錢把錢還給我，傻女孩，我要那些錢幹什麼呢？我要的只是她幸福而已呀。』

真感人，不過說給我聽幹嘛呢？應該說給那女孩聽才對不是？

『花在她身上的每一塊錢我都覺得很值得。』

『包括找傳達者看看她的事嗎？』

『對。』

接著他拿出一疊十分飽滿的信封袋給我：

『這是尾款，幫我轉交給橘好嗎？我實在連轉帳的時間都抽不太出來，所以才會拖了這麼久。』

『嗯，不過我可以問你一個問題嗎？』

『什麼？』

『為什麼不自己去看看她呢？半個小時來回看一眼也夠吧？』

再度他以一種很奇怪的眼神盯著我瞧，那眼底有個什麼我覺得好靠背。

過了好那麼一會，他才又說：

『你沒失戀過，對吧？』

『唔……』

我該為此道歉嗎？

『所以你不會懂為什麼。』

確實我是不懂為什麼。

『我已經做了好大的努力才終於能夠辦到不打擾她的。』

燃起第二根香菸，他又說：

『就算只是看那麼一眼，都可能會瞬間毀掉我這好不容易的努力。』

『我想我開始有點懂了。』

『你有沒有聽過《倒帶》？蔡依林的。』

『有哇。』

『我們是差不多她出那張專輯的時候分手的，分手之後我每天都聽這首歌，半年的時間不知道有沒有，直到最近才終於能夠聽了不掉眼淚的。』

『要我去買一張幫你送她嗎？』

然後他就笑了，其實他從一踏進咖啡館就開始笑了，只不過直到此時此刻笑意才來到了他的眼底：

『年輕人，你已經做的很好了，不用再認為該為我多做些什麼了。』

『但嚴格說起來我覺得自己什麼也沒做呀。』

我做的只是幫女網友把在那買來的新內衣褲脫掉而已。

『不，真的足夠了，你幫我去看了她，還聽我說這些，尤其是聽我說的這個部份，我真的覺得好過很多了。』

『你朋友都不聽你傾訴的嗎？』

還是你忙的連朋友也沒時間交？

『他們聽煩了，但我真的還是很傷心，可是他們已經聽煩了。』

『嗯。』

『我突然有個好荒謬的念頭。』

『說來聽聽。』

『想雇你當第三者破壞他們的感情。』

『你當真?』

瞬間收起了笑意，委託人幾乎是連思考也沒有的就回答：

『沒有，我開玩笑的，你別當真。』

『但我可以試試哦。』

『真的不用了，謝謝。要她真愛上你的話就不妙了。』

『我可以把她傷了讓你趁虛而入，這樣你們就可以重新在一起啦。』

『很吸引人的點子，不過真的謝了，我可不想要這樣。』

『放心啦，我不會動真感情的，而且我可以——』

打斷了我的話，他嚴肅到不行的說：

『我是要她幸福，不是想害她不幸，因為我是真的很愛她，雖然我已經失去了她。』

『哦。』

『而且你有沒有想過，如果對方是真的愛上你了呢?』

『……』

『你從來沒這麼想過，對不對?』

對。

然後特餐送上桌，算是結束了這好像沒必要這麼嚴肅的話題。

十分鐘不到的時間，他就解決清空盤裡的食物。

『我還有工作，得先上去了，和你談話很愉快，我好久沒有這樣對著人吃飯而不是對著電腦螢幕吃便當了，原來這樣子才能算的上是晚餐。』

捉起帳單，他接著起身離開，離開之前，還放心不下似的、掉頭回來又說：

『還有，雖然已經不關我的事了，但是拜託你別接近她。』

他離開之後，我跟服務生要了個菸灰缸，一邊抽著香菸、一邊我好困擾他幹什麼要說那樣子的話。

把菸給捻熄起身也要離開的時候，我聽到此時這咖啡館裡正播放著一首好像時常聽到但始終不知道到底叫作名字的歌，於是趁這機會我問了服務生，結果得到的答案是李聖傑的《手放開》。

最後的疼愛是手放開　不想用言語拉扯所以選擇不責怪

感情就像候車月台　有人走有人來

我的心是一個站牌　寫著等待

走進最近的唱片行我買了李聖傑的這張唱片，本來是想送給這委託人當作禮物的，
然而走出唱片行的時候，這我才想到自己甚至連他的名字都不知道呀！
想幫他轉送給那女孩結果又想起他千叮嚀萬交待的要我別接近人家。
到底是為了什麼呢？為什麼要把我說得好像是瘟疫那樣呢？

》第五章《

雖然橘要我把尾款的一半轉帳匯到她的帳戶就可以，但我還是堅持想要當面交給她，一方面是我極度不信任轉帳這玩意——總覺得錢會轉著轉著就這麼轉到異次元被外星人用去了然後外星人會覺得好感謝就跑來把老子我給綁架到外太空——另一方面是我覺得好需要和橘說說這心裡的疙瘩。

而橘也真是夠義氣，好不容易等到這次的跟監任務結束之後，她立刻就買了宵夜以及一大包糖果來我的宿舍探望我。

吃飽喝足之後，舔著棒棒糖、我把飽滿的信封遞過去給橘，接著橘抽出一半鈔票再遞還給我之後，一邊吃著糖果一邊我開始傾訴起這心裡的疙瘩。

『我覺得好受傷，妳真該看看他當時看我的那個什麼么壽眼神。』

『什麼眼神？』

『我也不會形容，還是說你們下次有見面的話叫他再示範一次給妳看？』

『那算了，因為我們也只是網友而且還沒見面過，沒必要的話也不打算要見面。』

『我以為妳和每個網友都會見面。』

『並沒有，我也是會挑人的。』

『噢……而且他真的看起來好忙的樣子，都急著要趕工作走人了，還不忘記回過頭來警告我離他前女友遠一點。』

『真是有點不應該。』

『而且什麼跟什麼嘛！他那臉上的表情好像在說我該為我沒有失戀過而道歉一樣，真是好過份。』

『你沒失戀過？』

『噢老天爺！怎麼就連妳也露出這表情？我覺得好受傷喏橘姐姐。』

『好啦對不起啦小親親。』

『嗯，這還差不多。』

恢復了正常的語氣，我接著又說：

『我就交過這麼一個女朋友，而且至今還沒有分手，我怎麼失戀呀我？』

『真了不起。』

『謝謝。』

『我是說你女朋友。』

『嘖。』

『問你一個問題，你是對我會這樣愛撒嬌還是對每個女人都這樣？』

『不只是對妳，但也並沒有對每個女人都這樣，妳知道、我也是會挑人的。』

『噢。』

『怎麼問？』

『沒怎麼，只覺得你這樣容易讓對方造成誤解，以為你在和她調情然後對你心動。』

『妳？』

『我對你免疫了所以請放心，如果是對其他人，我建議你還是適可而止會比較好。』

我覺得橘就是厲害在這裡。好多事情我還沒告訴她、結果她卻好像看了出來心裡已經有個底那樣，在我不知道怎麼開口的地方、幫我起了話頭。

於是我就對橘提起了那個女網友的事情，前後經過細說分明，而果真橘的反應就跟我預料的如出一轍。

橘搖頭嘆息，只差沒厭惡的把臉給轉開。

『你小心夜路走多了會遇到鬼，不是每個女人都好惹的。』

『可是薇閣真的好棒喏，床好軟好大好舒服喏，在上面滾來滾去的好好玩喏。』

『如果只是因為想去薇閣的話，你大可帶你女朋友去，沒必要為了想去薇閣就傻楞楞的讓莫名其妙的女人牽著你的褲檔走。』

牽著我的褲檔走。還真媽的貼近的形容喲！

『那怎麼成？女朋友不是帶去那種地方用的。』

『哎！你喲。』

『而且，那天下午說正格的還真是軋的好爽喏。』

『哎！你喲。』

這女人！也沒必要沒誠意成這樣吧？不想聽下去就擺明了說即可，沒必要一直重覆同一句回答吧。

『那妖女幾歲大概？』

『快三十的樣子吧，不過外表看起來比較年輕，而且屁股真的好厲害哦。』

『好了夠了，我不想聽你的鹹溼情節，感覺好像對自己弟弟性幻想一樣，真噁心。』

『好啦。』

『你是不是有戀姐情節？』

『沒有呀，只是就我的經驗來看，熟女真的比較會軋而已。』

橘沒接話，卻是認認真真的挑高了眉；這女人，簡直是把我整個心底的事給看的透透的。

『好啦，我承認我確實從小就很希望能有個姐姐。』

『為什麼？』

『因為我只有哥哥呀。』

『那你為什麼不會想要有個弟弟或妹妹？』

『這我倒是沒想過所以不曉得。』

『那你哪天想到了記得要告訴我。』

『哦，好呀。』

真是說曹操曹操就到，我的手機響起，而打來的人正是我哥。

『人生是團狗屎！』

『哦。』

然後我把手機晾在一旁，繼續同橘聊天。

『你怎麼不跟人家講話又不掛電話？』

『是我哥，他只是想找個人發發牢騷而已，沒必要認真去聽那堆廢話，偶爾拿起來給他回應嗯個一聲之類的就可以。』

『真有趣。』

『妳要聽嗎？他那些牢騷如果當成笑話聽倒是還滿好玩的。』

『不用了，你的那些風流帳就夠我笑的了。』

『那真是多謝囉。』

『不客氣，你差不多該嗯一聲給你哥了。』

『嗯。』

拿起手機：

『嗯。』

果真手機的那頭還在哇啦啦嘰呱呱，自我陶醉的完全沒意識到自己被晾在旁邊。

『對了，那妳呢？如果是妳的話，妳會想找的人是誰？我們上次聊的那個傳達者。』

真是要命的罕見！橘居然露出少女的表情而且還害羞的笑了！

珍貴、珍貴！

『實不相瞞，那天問完你之後，我回家也想了一下。』

『還不快說！』

『一個偶遇的男生，我那時候不知道他的名字，不過我們應該差不多年紀吧，而且他長的好帥。』

『嗯。』

這是拿起手機嗯給我哥的。

『我在一個咖啡館遇到他，那時候我剛到台北工作沒多久，也忘了為什麼那天我覺得心情特別差，但我想應該是工作方面不順利這一類的事情吧，那個男生看我沉著臉走進咖啡館，就開始同我慢慢的聊起天來，聊什麼我倒是一點記憶也沒有了，不過我記得他後來放唱片給我聽，聽他放著一張又一張的唱片，沒道理的、我的心情就慢慢的變好了。』

『然後咧？』

『然後我覺得好謝謝他，這麼說可能有點牽強，不過我真覺得是從那一刻起我開始才不這麼討厭台北的，反正重點是離開之後就到對面的誠品買了個試管拼圖送給他當作禮物道謝，你知道什麼是試管拼圖嗎？』

『不知道，也沒興趣知道，然後咧？』

『然後就句點啦。』

在橘說然後就句點啦這句話的那個當下，我好像看見她眼底有個什麼，不過我並不很確定那個什麼到底是個什麼，畢竟我的近視有七百。

『好了好晚了我要回去了，明天還要跟個朋友見面，要睡晚了遲到的話準被她潑咖啡往我臉上來。』

『沒想到妳也會有怕的人哦？』

『什麼話！也沒必要用到怕這個字眼吧？』

『哦……是男朋友嗎？』

『女的啦，我的好朋友。』

『我也要跟！我也要認識橘姐姐的好朋友！好東西要跟好朋友分享嘛！』

『我才不要咧。』

『我發誓我不會染指她。』

『我才不怕她被你染指咧。』

『此話怎講？她長的很醜嗎？』

『並不是，只不過她比你小一歲而且可不是那種姐姐型的個性，所以你這個戀姐情節狂應該是沒興趣的。』

『幹嘛把我講的好像是發情的公狗？好像我見一個女生就想上一個那樣。』

『嗯一下。』

指著手機，橘說。

『哦……嗯。』

嗯完之後，橘繼續又說：

『別露出這種臉嘛小乖乖！我只是不喜歡朋友群重覆了而已呀。』

『為什麼？』

『不知道耶，就是覺得這樣會很麻煩的感覺。』

『是會不方便講朋友的壞話嗎？』

『或許哦。』

『嘖！』

橘不讓我見她朋友，結果她的朋友卻找上我。

更正確一點的說法是，她找上我這個傳達者。

而當時我正起床沒一會、在吃著女朋友買來的便當，準備要一起到研究室去，一看是橘的來電，我告訴女朋友：

『妳先去好了，我可能要再一會。』

『那好吧。』

女朋友離開之後我接了手機，以一種愉快到不行的青春洋溢的語調，我說：

『早安哪！橘姐姐！』

『……』

『喂？』

『剛是我朋友啦，你剛是用什麼語氣跟她講話？』

『跟妳講話的語氣。』

沒好氣的我回答。

嘖！就算不習慣那她起碼回個聲是會怎樣嗎？害我剛剛小糗了一下。

沒禮貌。

『她要跟你說一下找的人的資料。』

『找我當傳達者的意思就是？』

『對。用正常的語氣，拜託，少男裝可愛的聲音會讓她吃不消。』

然後橘換過電話給那沒禮貌鬼，接著我聽到一陣輕輕柔柔的女聲，聲音很好聽，但是語調卻很冷漠，真厲害。

還在氣頭上的，我連話也沒講的僅是嗯了幾聲以示我的不爽，然後把該抄的資料拿筆抄下，接著我掛了電話，我得強調最後掛上電話的那句再見，語調之冷漠口氣之不屑的連我自己都想拍手叫好。

哈！

於是晚上我來到棒球場，耐著性子的把整場球賽從頭看了完——真是討厭為什麼她想找的人非得是棒球員而不是籃球員呢？籃球實在是比棒球來得有趣多了——並且在散場之後，擠在這群尖叫著跟球員要簽名搶合照的小女生堆裡尋找著我的目標物。

唔，看到了。

背號十九號的林英傑。

拿著預先買好的棒球我捱到他面前要簽名，在他簽名的同時，開始我又幹譙起那個沒禮貌鬼來——幹什麼非得找男生不可呢？老子我最不擅長的事情就是跟男生攀談了！尤其又是在這種地位並不公平的狀態下。

算了，我決定連恭維客套加油打氣都省略的、直接了當問道：

『請問你唸過啦啦國小嗎？』

楞了一下，他搖頭。

『因為我覺得你好面善，想說你會不會是我以為的那個國小同學。』

他好像還是有點錯愕的樣子，沒辦法我只好補充說明道：

『因為我們剛好同年嘛！哈。』

『你就為了這個來找我？』

『嗯呀。』

然後他笑了，雖沒要羞辱我的意思，我自己知道，但我就是敏感的認為被羞辱了。

『你可以到我們的網站上查看就可以，上面都有我們球員的基本資料。』

『哦…嗯，謝謝。』

『不過還是謝謝你來看球賽。』

『好說，哈哈。』

『要多支持台灣的棒球哦。』

『好呀，沒問題。』

『再見。』

『拜拜。』

幹。

於是我回到宿舍的第一件事情就是上他們的網站查看他的基本資料，還真媽的連興趣嗜好這類的都有了！

一九八二年生。小我一歲，這傢伙還小我一歲。

——我確定並不會想要有弟弟。

不知道為什麼，我立刻就傳了這簡訊給橘。

》第六章《

和女朋友是從小就認識的青梅竹馬。

國中的時候我最大的願望就是把女朋友——當然那時候她還不是我女朋友——從全校第一名給趕下去，因為每次都是她第一名我第二名其實是欠缺變化而且好無趣，而果真那次我還真那麼辦到了——雖然就那麼一次。當女朋友那次從全校第一名被我幹掉滑落到全校第二名時，她還當著全班的面傷心的哭了出來。

那是我第一次看見女朋友掉眼淚，那是我第一次意識到女朋友是個女生而不只是個第一名的這件事情，拜託不要問我這兩件事情有什麼狗屁關係，因為說真的我也不知道。

但我知道那是第一次有人因為我而掉眼淚。

後來我們各自考上第一志願的男女高校，本來就不是多熟的兩個人理所當然的也就斷了聯絡，不知道是不是少了女朋友這個第一名競爭者的關係，我開始覺得唸書好無聊，於是高中前兩年幾乎都是在玩耍、在聯誼、在把妹、在把眼鏡拿掉髮型換掉穿著改掉、在開始聽別人說我原來這麼帥而不只是很乖很會唸書這樣而已。

幾乎初吻初夜都是在那兩年間達陣的。

那時候我和女朋友完全性的沒聯絡，甚至可以說是連她這個人的存在都忘記那樣的程度。

那時候我交往過成打的女孩子，別問我為什麼有辦法弄到那麼多年輕女生因為我也不知道，不過我清楚的記得那時候有個好荒謬的想法是——年輕女生就好像吃到飽的BUFFET那樣、要多少就有多少，當然前提是不能太挑食要隨和。

隨和。

那種隨和的瘋狂約會並且開發性體驗的日子過了兩年起碼有，可是說真的那些女生的名字臉孔我一個也記不得，搞不好在街上遇到也認不出來的那種程度，而且說不上來為什麼的是在我的認知裡她們不是女朋友，只是互相玩耍的玩伴，她們也從來沒有一個給過我想叫她作女朋友的感覺。

高中最後一年我收了玩心開始全力衝刺聯考，聯考的結果是女朋友榜首我榜尾的考進同一間大學，我得公道的說這大學並不是第一志願、甚至也不是前三志願，所以當我在榜單上看到女朋友那曾經熟悉並且刺眼過的名字時，我當下的第一個念頭並不是：呀真有緣我們又要當同學了。卻是：女朋友收到錄取通知時不知道有沒有哭？

後來我才知道原來聯考那天女朋友拉肚子。

真倒楣。唔…這麼說不知道對不對。

不知道是不是因為曾經同學三年過又同樣第一次隻身自南部北上唸大學的關係，我們這兩個在國中三年間所進行的對話只有『你這科考幾分』、『你昨天唸多晚』的兩個人瞬間變的極熟且要好，出雙入對的模樣常讓學姐們誤會我們自國中就是男女朋友，並且相約考上一樣的大學。

好感人的誤解。

而我喜歡這種誤解，因為這形象讓我在學姐圈裡吃的好開而且備受疼愛進而意亂情迷月圓花好——好啦，這種事我們心知肚明就好，說破了就沒那麼好玩了。

『那你們是怎麼開始交往的？』

吼～～我就知道妳會問這問題，我包準妳聽了答案會無聊的想睡覺。

一開始我們就被新同學新學姐新學長誤會是為男女朋友，我們順水推舟自然而然把對方當成男女朋友，既沒有『我們是不是該真的交往一下』也沒有『嘿！我喜歡你好久囉』

諸如此類的浪漫告白或者精采爆點，一點奇怪也沒有的，自然。

不過現在和妳這樣聊我自己也才覺得好奇怪。

我們一直交往到大學畢業那天才終於上了床，喂~別露出那種表情嘛，女朋友她可是虔誠的教徒耶，乖，別吵。

反正那方面的事我有其他姐姐們的關愛，哈！

唔…剛說到哪了？哦，對，好奇怪。

好奇怪我從女朋友身上卻著實有一種『她是我女朋友』的歸屬感，這是高中時候一起玩耍的那缸子小女生一個也沒給過我的感覺，我不知道為什麼，真的說不通，因為那些小女生們甚至好多比女朋友漂亮好多人比女朋友厲害好多人比女朋友情趣，可是就是這麼怪，女朋友確確實實是第一個讓我自然而然會把她當作是女朋友的女生。

『噢~我說了好多話嘴巴好痠嚨喉好渴了。』

寶貝來一下嘛。

『快別再聊這些五四三了我覺得好無聊而且不自在。』

快把妳可愛的小舌頭從我耳邊往下挪吧。

『可是你完全沒跟人家提到她的外表呀。』

女網友又說。

真是要命，那款聲音實在不太適合作撒嬌用；那款舌頭也不太適合作交談用，因為浪費。

『就是沒什麼好提的我才沒提嘛。』

『那你起碼給人家看看她的照片嘛。』

奇怪到底關妳什麼屁事嘛。

真是愛開玩笑的女人，特地把我約來薇閣結果居然只是想聽我說女朋友的事情。

光著身子蓋被純聊天可真是天底下最大的玩笑，尤其是女網友在聽的時候還時不時的往我身上蹭呀蹭的。

妳如果沒打算做愛的話那我要先走囉。

才猶豫著該不該這麼直接表白的時候，橘就來了電話。

『不要告訴我你還在睡哦！』

劈頭橘就嗆聲。

要命！我居然把今天社群有網聚的事給忘記。

『沒啦，我已經在火車上了，到了再打給妳喲，掰伊。』

掛上電話，我連忙下床穿衣服。

『女朋友？』

『沒啦我姐，今天我們全家人要一起吃飯。』

『你騙我。』

對，我騙妳。那又怎樣呢？妳不也把我騙來這裡蓋棉被純聊天？

『你要走囉？人家才想要開始耶。』

擺出媽的煽情撩人姿勢，女網友挑逗著說。

『而且，你這樣硬梆梆的好走路嗎？要不要我幫你舒服一下？』

妳再繼續要我沒關係呀。

『再見。』

再見！妳這媽的妖女！

結果當我火速搭車來到新竹的時候，橘的臉已氣成了青蘋果了，不過可喜可賀的是，出發時硬梆梆的地方這下總算是恢復成為冷靜狀態了。

『我怎麼不記得我們社群有人住新竹呀？』

『是沒有。』

唔…還在氣頭上。

『而且，我昨天就告訴你了不是網聚是要談生意！』

『唔…妳這麼一說我就想起來了。』

『你昨天是在幹嘛呀！從頭到尾沒把老娘的話聽進去是不是！』

『別氣了嘛橘姐姐，昨天我學姐難得回台北來探我呀。』

而且妳打來的時候我們剛好正準備要流汗。不過我想這事在橘的氣頭上還是別提的好。

『是哪個客戶呀？為什麼要專程跑新竹一趟？』

『酷。』

『哦。』

酷是我們社群裡的一個再婚兩次的長好醜的穿著好台的卻自己誤會自己很有魅力的中年歐吉桑，全方面惹人討厭的那種人，簡直活像是他生下來就欠別人討厭的那種程度，每個人看到他不是把眉頭皺起來就是想把屁股對著他放臭屁。

酷之所以把暱稱取名為酷的原因，根據他本人的說法是他本身是個廚師COOK，所以直譯為酷；但任誰聽了都知道這是他在放屁，畢竟台客就是台客，連在網路上的暱稱都有辦法取的這樣台的令人發噱。

『但我怎麼以為他之前對妳死纏爛打的追求把妳給惹的很火的？』

『嗯。』

『那?』

『你忘了一開始我是怎麼說的?』

這麼說我就想起來了:

『妳喜歡跟討厭的人做生意?』

『BINGO。』

謝天謝地,橘總算是笑了不再生氣。

看著橘的笑臉,我有一種這任務完結之後可以吃香喝辣快活一整年的預感。

『不對,可是我記得酷並不住在新竹呀。』

『因為還有另一個客戶呀。』

『疑?』

『我那個好朋友你忘了?她要找那個棒球男。』

嘖!那個要被小我一歲的弟弟教我上網確認就可以的案子。我想起來了。

而且又憤怒起來了。

『原來她是新竹人哦。』

『不是呀，本來酷約了我今天談CASE，不過說我要陪朋友去內灣採訪，酷聽了之後也說想去，所以就乾脆約在新竹見面順便大夥去內灣玩玩好了。』

『妳要陪誰去內灣採訪什麼呀？』

『就我那個朋友呀，她是個旅遊記者。』

『那還真是有順便哦。』

『你說話這麼酸幹嘛呀，而且很好玩喏。』

『內灣嗎？』

『不，是酷被我那朋友用言語吐槽羞辱的衰樣，包準你看了笑開懷，哈。』

笑開懷。橘說。

武俠片。我認為。

感覺好像是在看電影臥虎藏龍那樣，在內灣老街走到底的這家復古懷舊電影院裡，一邊吃著餐一邊我們看著古早老電影，老電影演什麼我沒印象，因為我專注的欣賞著這四方桌上真人演出的臥虎藏龍。

刀光劍影字字見血的、這整場飯局下來，不管席間酷說了什麼有心的無心的耍酷的自以為幽默的話語，總是會被這位玉嬌龍唇齒相譏盡情吐槽。

刀光劍影的、這玉嬌龍吐嘈的姿態，這女孩吐嘈人的功力簡直就像是玉嬌龍那樣、身段柔美刀法精湛，罵人不帶髒字傷人還見和氣，甚至是酷被盡情羞辱到臉垮了下來這位肇事主卻仍能保持著一張甜美的笑臉。

玉嬌龍。

不知道為什麼她直覺就讓我想起玉嬌龍，當我第一眼看到她卻還沒見識到她唇槍舌戰的功夫時；雖然嚴格說起來她和章子怡完全性的沒有像，頂多只是屬於同一款的這樣。

玉嬌龍。

來到現代的玉嬌龍。

一頭黑直髮紮成簡單俐落的長馬尾在小小的腦袋後面，巴掌臉蛋，眼睛大大，鼻子小小，嘴角彎彎的看起來好適合親吻的樣子，小巧的耳垂沒有任何的飾品也沒有打洞，脖子以上原始呈現，脖子以下則啥也不給見。

她整個人包的好緊穿的好多、在這冬末春初的時節裡，她的穿著依舊停留在寒流來襲時的厚度，而厚度之下是中等身高纖細骨架，不知道褪去了這厚度之後會是什麼樣的風景呢？

『欸，你和菊形容的完全不一樣欸，你好沉默哦，是剛剛開山路的時候暈車了嗎？』

打斷了我的想像，玉嬌龍突然的把話題帶到我身上，當酷離席去廁所——可能是去偷哭捶牆壁吧——的時候。

『他可能還沒出走吊橋的驚嚇啦。』

橘回答她，臉上的笑看起來有夠不懷好意的，就像是正準備告弟弟狀的壞姐姐那樣。

『那是什麼？』

『我們下車走到老街的時候，不是經過一道長長的吊橋嗎？這位少男天生怕吊橋啦。』

『難怪你剛才一言不發的走好快，呵～沒想到你人這麼大一隻結果卻對吊橋沒辦法耶，好可愛的感覺哦。』

玉嬌龍清清脆脆的笑著，笑聲好像夏日午後微風輕拂的風鈴那般，悅耳、清新。

接下來這對姐妹花又吐嘈了我什麼、甚至是有沒有吐嘈我，我完全性的不知道。

我僅是躲在自己的想像世界裡專注的思著考：不知道我的扮相是合適李慕白——不不，那個清朝頭有夠醜的——還是羅小虎——嘖嘖嘖，他的頭髮又太長太亂了——呢？

我不知道，不過我希望我誰也不是，我希望我可以單純的只是個觀眾，這樣就好。

這樣就好。

》第七章《

應該是所謂的日有所思夜有所夢吧。當晚回去之後我居然夢到臥虎藏龍的情節。

夢裡面的玉嬌龍——不是章子怡而是那女孩——站在湖邊僅著白薄衫全身溼透的向我走來，她手裡拿著青冥劍、神情淒美的問我要人還是要劍？

夢裡面我並沒有像李慕白那樣瀟灑，我反而像個登徒子那樣緊緊盯著她胸前若隱若現的美好曲線——這反應倒是和我當時看到那幕時如出一轍——接著我說了一句實在有夠不臥虎藏龍的台詞：

『當然嘛是要人！我要那把蠢劍作什麼？上eBay拍賣嗎？』

並且：

『妳裸體的樣子跟我想像的一樣可口耶。』

接著玉嬌龍就笑了。

接著這場景就換了。

場景換成了電影臥虎藏龍的最後一幕，在懸崖邊、玉嬌龍——還是那女孩——往下縱身一躍，我看著她的背影，我感覺到下墜，下墜，下墜。

然後我倒抽了口氣、左腳在空中踢了一下的驚醒。

驚醒之後我覺得好生氣，我生氣為什麼夢見的是最後一幕卻不是玉嬌龍和羅小虎在沙漠岩洞裡手來腳來翻雲覆雨的激情橋段，我生氣為什麼夢見的不是激情橋段結果我卻還是依舊UP了。

躺在床上盯著天花板一邊我猶豫著是要自己處理還是找人分享時，簡直我就快要被氣的炸炸的了。

為什麼呢？為什麼明明我手機裡有那麼多號碼可以一起分享一起HAPPY，但結果我做的事情卻不是拿起手機而是動手了起來呢？

我好憤怒。

憤怒的處理完畢之後，我開始軟弱的承認我其實只是心慌，雖然我很不明白幹什麼我要心慌？

心慌。

我得仔細的回想這一切的前後經過。

離開內灣之後橘把酷丟在新竹火車站下車，然後我們三個人開車北上。

橘說她在內灣時被寒風吹的犯偏頭痛，所以換成是我接替她開車。

交換座位當我坐定駕駛座握上方向盤時，坐在右座的玉嬌龍很是奇怪的看了我一眼，她好像想要說些什麼但是結果她並沒有說。

雖然我的近視有七百而且當時天色已經黑掉，但不知道為什麼我就是清楚的看見了她眼底那一瞬間的什麼。

方便的話我想把它稱之為悸動。

『結果那個棒球男並不是妳的國小同學。』

『我想也是。』

『而且上網查就知道了，他們網站上有球員的資料連興趣嗜好都媽的（媽的這兩個字我自動消音了）有了。』

『這樣呀。』

『再說妳既然知道那球員的名字，為什麼還不能夠確定他是不是妳的國小同學呢？』

『因為我忘了我國小同學的名字呀，而且他們長的滿像的，所以我就更懷疑了。』

『唔。』

『也想過去翻翻畢業紀念冊就可以，可是不知道為什麼我始終沒有這麼做。』

『為什麼？』

『我不是才說了我不知道為什麼嗎！』

嚇！幹什麼這樣就認認真真的生氣起來了啦。

真是見鬼的要命，為什麼這玉嬌龍不爽時的聲音都可以這麼好聽，連瞪人時的眼神看起來都像是在勾魂呢？

要命！

要命的我竟不服氣的硬是掰著繼續問道：

『話講太快了，我剛問的是為什麼妳會想要找那個國小同學呢？』

干你屁事呢？我以為她會這麼回答，不過還好她沒有。

真是可惜她沒有，因為我想那樣的聲音講起粗話來肯定也別有一番風味。

『因為想跟他說聲對不起。』

『怎麼說？』

『我把他惹哭過。』

『唔…是初戀那方面的事嗎？』

『怎麼可能呀！才國小耶！小孩子懂什麼叫愛！』

這倒也是，我都已經不是小孩子而且過很久了，憑良心說我到現在還是不懂什麼叫作愛，我一直就覺得好困擾到底什麼叫作愛，我心想這玉嬌龍畢竟是以文字維生，所以她或許能給個漂亮答案也說不定。

『什麼是愛呀到底？』

『你是怕開車無聊會睡著所以在找話聊嗎？』

『不是呀。』

老子我從來沒有這麼認真問過這個問題耶！

『我不知道愛是什麼，不過那通常是我和朋友沒話找話聊時的話題。』

『所以愛對妳來說只是個話題？』

『嗯，而且聊了之後通常就會打住換話題。』

『為什麼？』

『因為太無聊了，關於愛的這個話題。』

果真說完她就把臉轉開看窗外，一副很怕我不明白她覺得這個話題無聊所以把臉轉開以示無聊的沒禮貌樣。

『所以妳和橘也是網友嗎？』

『網友？』

沒禮貌鬼把臉轉向我，臉上的表情好像是我剛才說了什麼天大的世界第一名了不起的笑話那樣；她要是接著就仰天長笑了起來我想我也不會覺得奇怪，不過她沒有。

『我說錯了什麼嗎？』

『沒有，我只是覺得滿好笑的。』

『此話怎講？』

『我覺得網友這詞好好笑。』

『笑點在哪裡怎麼我聽不出來？』

『所以說你和菊是網友，沒錯吧？』

『嗯哼。』

『你知道菊的真名嗎？』

『還不知道，我都管她叫橘就夠了。』

『那她知道你的本名嗎？』

搖搖頭，我心想真是太好了，可以順便自我介紹一下，因為這玉嬌龍居然相處了一整個下午都還沒打算問我名字或者自我介紹一下她自己或者起碼問一下我怎麼稱呼的沒禮貌樣。

『橘都管我叫小葉，小葉是我網路上的暱稱。』

『所以說，小葉同學，你覺得你和橘是網友還是朋友？』
『都是呀，有差嗎？』
『沒什麼，我只是覺得好好玩，兩個不知道彼此名字的人怎麼能夠做朋友？』
『……』

『不知道彼此名字的兩個人為什麼不能做朋友？』
於是此時此刻，我打了手機問哥哥這個把我給困擾住了的問題。
『現在是幾點？』
『凌晨三點多一點。』
然後哥哥就掛了電話。真是什麼跟什麼嘛！
繼續我又撥了女友的電話：
『不知道彼此名字的兩個人為什麼不能做朋友？』
『我好睏哦，明天再聊可以嗎？』
『嗯呀，那好吧。』
『晚安。』
我不死心，我再撥了橘的電話。

『怎麼啦？』

『我覺得好困擾哦橘姐姐，為什麼不知道名字的兩個人不能是朋友？』

『幹嘛突然這樣問？這跟你的論文有關係嗎？』

『完全沒關係呀，只是在車上跟妳朋友聊的時候被她這樣問，妳沒聽到我們那時候聊的話嗎？』

『沒有哇，我在後座睡的好熟哦，結果搞的我回來之後失眠到現在，哎～～才想著好無聊哦的時候，乖弟弟你就打了電話來陪姐姐聊天啦。』

『謝謝，不過到底為什麼？我真的很困擾。』

『我聽不出來這有什麼好困擾的耶，小親親。』

『就是這樣我才困擾呀，本來我也不覺得這有什麼好困擾的，結果被她那麼一問之後，我整個人困擾到現在耶。』

『弟弟乖哦，聽姐姐說。每個人在心中都有一把自己的尺。』

『嗯嗯。』

『有些人的尺高些、有些人低些，我們沒有必要用別人的尺來衡量自己的標準喏。』

『嗯嗯，雖然還是沒有回答我，不過聽妳這麼說我總算是比較不困擾些了。』

『好說。』

『那妳們是怎麼認識的？』

『我們是咖啡伴呀。』

『常去同一家咖啡館泡，久而久之就認識了變成咖啡伴這樣？』

『不是，她本來是我小姪子的媽，我們因為這樣才變成朋友的。』

『別逗了，橘姐姐。』

『真的呀，我騙你這個幹嘛？你知道、姐姐不在深夜時分說謊開玩笑的。』

『所以她結婚了？和妳弟？』

『沒呀，他們曾經交往過後來分手了，除了有個小孩之外就沒有別的關係了。』

『那妳們兩個人的關係好好玩哦，妳還是在唬弄我對不對呀橘姐姐？』

『我說真的。深夜時分我不說謊不開玩笑的。』

『……』

『小葉？』

『我好睏喏，改天再聊囉，晚安。』

然後我就掛了電話，我從來沒有用這麼快的速度掛過電話，我不知道我是怎麼了？

我只知道我心情好亂好亂，為什麼亂？亂什麼我不知道。

我只知道我生氣，我生氣玉嬌龍怎麼可以是個有小孩的女生呢？

怎麼可以玉嬌龍結果卻是個非婚生子的女生呢？

這件事情不是她看起來會走的路線哪！

每個人心中都有一把自己的尺，有些人高些、有些人低些，沒有必要用別人的尺來衡量自己的標準。橘說。

可是，我們要如何才能辦到不用自己心中的尺來衡量別人呢？

第八章

『人生是團狗屎！』

『我也搞不懂什麼情形現在，她漂亮是漂亮，但也沒厲害到要別人為她把自尊放下的地步呀。』

『我他媽的恨死這團狗屎了！你知道我多苦嗎？那隻蚊子簡直把我給瞧的扁扁的那該死的蚊子！嗡嗡嗡的吵死人，我本來是不打算跟牠計較的，可是有什麼辦法呢？牠挑釁我呀牠！』

『而且名字有什麼意義嗎？知不知道名字和交不交的成朋友什麼關係呢？聊的來開心最重要，幹什麼非得去CARE啥嘮子的鬼名字呢？是怎樣？網友就是次等朋友了嗎奇怪溜！』

『真的把我給惹毛了你知道！我決定非得宰了那臭蚊子還分屍牠不可！結果你猜怎麼著？我起身追殺牠，只差那麼一丁點就打著了！結果牠居然犯規飛上天花板！說出來你一定覺得我瞎掰，但牠真的在笑我！牠笑我！牠笑我牠能飛走而我只能眼睜睜對著牠乾瞪眼還給叮了一個包！什麼人生嘛這簡直是！我堂堂一個大明星居然還給個連名字也沒有的蚊子瞧不起！』

『而且她擺那什麼高姿態嘛！未婚生子的小媽媽擺個什麼高姿態嘛！』

『什麼未婚生子？』

打斷了我的話，哥哥從對蚊子的憤怒中回過神來問。

嘖！真是一個悶，再那麼一下下我們就能打破各說各話聊天法的記錄了，結果就這麼被這個無聊話題給破了功。

『你把誰的肚子給搞大了？』

『沒有，不是我搞大的，而且已經消了好久，不過真的看不出來那樣子的身材居然會生過小孩，我真的覺得好悶因為我很少會看走眼女生。』

『噢～～十一點了，我該去睡美容覺了。』

『你還沒睡醒呀哥？現在是早上十一點。』

『啊是哦？難怪我覺得外面怎麼那麼亮怪怪的，對了，難得你打電話給我有什麼事嗎？』

『沒什麼。』

嘆了口氣我說要去研究室了然後就把電話掛了。

結果掛了電話之後我做的不是去研究室而是一個人在寢室裡走來走去，怎麼搞的昨天一夜沒睡好結果精神卻這麼亢奮？

總覺得有個什麼的不對勁。

想打電話給女朋友一起看場電影，結果那場詭異夢卻又回到我腦海裡。

想把電腦打開看看有沒有哪個網友可以一起窮哈啦閒打屁的，結果那玉嬌龍的聲音卻又回到我的耳邊。

悶。

拿起手機，我撥號，是想要用熟悉的聲音趕走這個陌生的自己，於是電話接通之後我以陽光少男裝可愛的聲音問早。

『早安哪橘姐姐。』

『嘖！你是在樂什麼呀？老娘失眠到早上才睡，現在還很睏耶。』

『哦這樣呀，那妳可不可以給我那女生的電話，然後我就不吵妳睡覺了。』

『哪個女生？』

『一起去內灣的那個妳的咖啡伴呀。』

『你想幹嘛？』

不過是想要個電話而已有必要驚嚇到整個人瞬間驚醒嗎？嘖！

『那天還沒報告完哪，有些細節我忘了跟她說所以想補充。』

『不用了，反正她也沒再問了。』

有必要回答的這麼堅定嗎？奇怪溜！

『還有啦，我聽說她是個記者，所以搞不好她會有興趣採訪我哥。』

老子我都把我哥亮出來了，橘姐姐妳就識相點直接給個號碼吧。

『這位少男，我朋友她是個旅遊記者，怎麼你哥是個風景名勝政府還為他設個郵遞區號不成？』

別以為這樣就能難倒我！哼！

『噢～～是這樣的，我想說她搞不好兼跑影劇線哪，我哥是個明星哦。』

破天荒的老子我都說到這個地步了，幫幫忙行行好就把玉嬌龍的電話給我吧這位歐巴桑！

『哪個明星呀？怎麼沒聽你說過？』

『妳先給我電話我才要告訴妳。』

『那算了反正我也沒興趣知道。』

好！算妳狠！

『我哥是啦啦啦。』

我哥是啦啦啦。奇怪我說的又不是我哥是個外星人，幹什麼橘在電話那頭惡狠狠的倒抽了一口氣？

『妳是怎麼了呀？絆到桌角哦？』

『聽著，我下午會跟她見面，就在我跟你提過的那家無名咖啡館。』

手機發出奇怪的聲響。

嘖！該死的有插撥。

『你想來的話我們約三點，還有——』

噢～幹！按錯鍵了，居然把橘的電話掛了換成插撥轉進來，而最要命的還是那女網友。

『醒了嗎？我的小帥哥。』

誰是妳他媽的帥哥了？莫名其妙！

『人家早餐吃太飽了，所以午餐就不想吃了耶。』

關我屁事呀，奇怪溜。

『我下午有個客戶兩點見面談業務，所以我的午餐有兩個小時的空檔哦。』

那又怎樣！

『幹嘛還在生上次的氣呀？寶貝？』

『對。』

『可是人家好想要跟你見個面哦。』

『我可沒力氣再去床上說故事。』

『那如果是在床上幫你親親呢？』

『幾點在哪？』

『上次那個房間，我在開車已經快到了，我先去Stand by囉。』

『我馬上過去。』

要命！真的要命！這叫人又氣又愛的小舌頭。

要命！真的要命！這次小舌頭沒唬弄我。

要命！真的要命！當櫃檯打來通知退房時結果小舌頭卻將時間延長。

要命！真的要命！明明我想說的是老子有事先走，結果做的卻是隨著她把戰場移到浴室去。

要命！

當我趕到並且終於找到這咖啡館的時候，時間已經下午四點過很久了。

這超級難找的無名咖啡館是在某個隱密巷子裡一間不起眼的小咖啡館，它不起眼的程度到了搞不好來回經過它二十次，才發現已經錯過它二十次了；它並且就是連店的招牌也沒有，如果不是因為橘曾經仔細提過的話，大概我會以為那只是一戶飄著咖啡香的尋常住家吧。

它的大門像是要配合它的不起眼似的，設計的相當低矮，我推開木頭的大門低頭走進去，視線所及的是一個極專業的吧台，上面架滿了各式專業的酒杯及咖啡杯，裡頭還有一台大的過份的咖啡機以及另外一台相較之下顯得太小的虹吸式咖啡爐，吧台前來自世界各地的咖啡豆雜亂地隨意堆放著，裡頭站著一個表情很明顯不太想理人的女人，看起來是有點年紀但卻又看不出年紀，大概是這間店的主人吧！

她穿了一身的黑，臉色卻異常的蒼白，左手食指和中指夾著一根細長的香菸，卻沒有想要抽的意思；她身後是一個種類齊全的酒架，或許晚上還兼著賣酒吧！不，或許白天也賣，誰曉得，而且反正也不關我的事。

這個過份招搖的專業吧台佔去了咖啡館一半以上的空間，剩下的是總計不過五、六張的桌子，就算生意冷清看來也像客滿，但我想這應該不是它之所以這樣狹窄的用意。

我看見她們挑了最角落兩人座的桌子坐下，正心想她們是不是不想我加入於是故意挑了兩人座位時，才發現整家店裡面確實也只有兩人座的桌子。

有點超現實的味道，我這樣覺得。

我有點不知所措的站在她們桌邊心想該不該拉把椅子坐在走道上時，玉嬌龍抬頭看看我、然後指了指隔壁桌子，雖然有點不甘願但是不知道為什麼我還是乖乖聽話就這這麼坐到了隔壁桌去。

『請問有沒有熱可可？』

『……』

櫃檯裡很酷的老闆娘裝作沒聽見似的，真是不屑到了個極點。

『那不然熱拿鐵好了，牛奶多一點。』

很酷的老闆娘聽了之後還是頭也不抬的，僅是嗯了一聲，然後捻熄了菸，開始動手煮咖啡，在這時候店裡的其他客人懶洋洋的望向吧台一眼，隨即又面無表情的轉過頭逕自抽菸，以及發呆。這樣不愛搭理人的老闆娘，卻性格的好像她本來就應該這個樣子的姿態。

『妳們在聊什麼呀？』

隔著桌子轉著身子，我試著想加入她們的聊天內容。

『聊為什麼有個小鬼吵著要來結果卻又遲到兩個鐘頭呀。』

橘說。殺氣很重的說。

『唔……』

熱拿鐵送上桌，當很酷的老闆娘把咖啡放到桌子上的時候，我聽見她清楚的噗哧笑了一聲；這我才意識到老子我現在傾著身體拉長耳朵眼巴巴著想加入她們聊天內容的怪模樣確實惹人發噱。

嘖！

『欸，這樣隔桌聊天很奇怪溜，我可不可以到妳們旁邊去？』

然後玉嬌龍就笑了，然後我就兩眼發直了。

一模一樣！就和我夢裡的那張笑臉那個笑意一模一樣！那眉眼彎彎那嘴角揚起的弧度，簡直是百分百的吻合！

當然，只是頸部以上，頸部以下依舊是小氣巴拉包得緊緊啥也不給分享好奇一下。

『妳朋友挺有喜感的。』

當我把椅子以及熱拿鐵帶到她們桌邊時，我聽到玉嬌龍這麼對橘說。

『那可真是謝謝妳的讚美喲！如果這是讚美的話。』

正常來說我是會這麼回嘴的，但結果我啥也沒說，只是端起熱拿鐵喝了一口，這樣而已。

好啦，我承認不只是這樣而已，拿起咖啡喝只是為了要掩飾我的臉紅，因為我現在腦子裡又揮之不去那夢裡玉嬌龍衣衫單薄渾身溼透朝我走來的可口畫面。

『作什麼這樣盯著我瞧呀？』

被橘看出來我剛流了好多汗趕過來的嗎？沒可能吧？我明明有特別留意在事後好好清洗了呀。

『難怪我第一次看到你就覺得好投緣。』

『啥？』

笑了笑、橘神情好複雜的笑了笑，然後說：

『你記不記得我對你提過想找的那個人？』

『試管男孩？』

『什麼試管男孩呀！是買試管拼圖送給那個男孩啦。』

『簡稱為試管男孩呀。』

『吼～～』

『好啦，請繼續。』

『原來他就是你哥哥。』

『吭？』

『所以我才說，難怪我第一次看到你的臉就覺得好投緣，原來是你的臉讓我想起什麼。』

『……』

『我其實一直就想問你，你和啦啦啦是不是親戚，要不然你們怎麼會明星臉成這樣？但想想又覺得怎麼可能這麼巧，我們的緣份只有短短半年不到，怎麼可能在好不容易把他忘掉之後，我居然還會再遇見和他有關係的人，而且還是他弟弟！呵！緣份這東西真好玩。』

『半年？』

『對，我說謊。句點之後其實還有故事。』

『……』

橘燃起了一根香菸專注到不行的沉默抽起，不知道她是想好好的整理這句點之後的故事經過？或者是她遲疑著自己到底想不想說？

看著這樣的橘，突然的、我也好想來一根香菸。

而橘果然是橘，在專注思考著自己的遲疑時，還不忘留意到弟弟我想抽根香菸的蠢蠢欲動。

橘把菸推了來給我。

『謝啦，不過我不抽涼菸。』

『為什麼？』

玉嬌龍問。

『因為聽說男人抽涼菸會導致性無能。』

『你真的好可愛。』

玉嬌龍笑著說。

她真的好厲害。笑的那樣甜美可人口吻那樣溫柔宜人，但話裡我卻完全聽不到她有在稱讚我可愛的語氣。

『那是好過時的說法了耶，你該不會燙傷了還是抹醬油處理吧？』

謝謝！

『對了，這位少男想要妳的電話，妳要給他嗎？』

不知道是故意的還是真的思緒被轉了掉，橘順勢的把剛那話題給轉了開，臉上的表情也換回了我熟悉的開朗。

『你要我電話幹嘛？』

『就是——』

不等我回答，玉嬌龍就把我給打斷；真是超級沒禮貌兼超級沒耐心的女人。

『反正你找橘就找的到我啦。』

給個電話是會怎樣呀！小氣。

『而且好奇怪，你明明就有女朋友了，為何還這麼習慣的向別的女生要電話呢？』

『妳怎麼知道我有女朋友？』

『橘說的呀。』

我看著橘，而橘聳聳肩。

『你從不隱瞞你有女朋友的這件事情不是嗎？』

話是沒錯，但——

『我不覺得這有什麼奇怪的呀，我喜歡認識新朋友嘛。』

『朋友？』

玉嬌龍又笑了，她笑裡那個什麼讓我覺得……

好受傷？

——沒什麼，我只是覺得好好玩，兩個不知道彼此名字的人怎麼能夠做朋友

『嘿，你別招惹我這個朋友哦。』

在玉嬌龍離席廁所的空檔，沒頭沒腦的、橘丟了這麼一句話過來。

『突然的、說什麼呀。』

『我不是說過了嗎？別人把心交到你的手上，只會被你弄碎。』

『……』

『別露出那種表情嘛，想聽聽我和你哥哥的事嗎？』

『妳是想要轉移話題嗎？』

順著橘的視線望去，我看見玉嬌龍正在走回座位的路上。

『我就知道你聰明，反正呀也沒什麼特別的其實，後來我又去了那咖啡館，又遇見他，也說不上是誰主動誰被動的反正我們就交往了起來。』

『然後怎麼句點的？』

『我很想回答你可是我辦不到，因為我也不知道為什麼我們分手了，實際上我們是不是分手了我也不知道，我只知道那天醒來之後，他在我的床邊留了一張便利貼，便利貼上面寫著BYE BYE，就這樣。』

『要我幫妳問他嗎？』

『不要了，反正都過去了，而且他把電話給換了我想意思就很清楚了。』

『橘……』

『別用那種眼神看我，我不需要同情；其實我並沒有很愛他，但奇怪的是，我就是忘不了他，這事說來連我自己也不相信，但確實就是這麼一回事。』

『到現在還是忘不了嗎？』

『沒有忘記過，只是也不在乎了，雖然他始終欠我一個解釋，但那又怎樣呢？事實擺在眼前不是嗎？』

『妳恨他嗎？』

『沒愛到要恨的程度，我頂多只是氣而已，我氣他幹什麼要用那麼差勁的方法分手，怎麼我看起來會像是那種死纏爛打型的蠢女人嗎？』

雖然玉嬌龍也在聽著所以我有點猶豫著該不該說——因為擔心會連累了她對我的評價——但是結果我還是說了：

『我得說句公道話，雖然是自己的哥哥，不過他實在是不怎麼值得被愛的人。』

『所以去愛對他的回憶要值得多了。』

結果玉嬌龍這麼說。

她這話是說給橘聽的，但結果她的眼神卻是筆直的望向我。

我不知道她那眼神什麼意思，我只知道最後橘還是心軟給了我她的電話。

我不知道那是不是錯誤的開始，但我知道就算是錯誤，我寧願做了後悔，也不要後悔沒做。

》第九章《

本來還意興闌姍的、當橘把酷委託要尋找的那個十四歲時第一次約會過的女人資料PASS給我的時候。

第一次約會過的女生？誰會記得這種東西呀？又誰會無聊到去想知道她現在過的怎麼樣呢？酷只要看看自己的年紀想也知道對方也是個歐巴桑了嘛！

無聊。

簡直就是一個吃飽了撐著花錢找話聊嘛這酷。

不過當我收到訂金的一半時整個人還是都來勁了，而了解到當那被尋者現人在中部的水舞谷關溫泉會館工作時，腦子幾乎都放了十二聲響炮了。

我差點沒給樂的跳起天鵝湖來。

『是個很讚的地方喏聽說，去租輛車帶你女朋友泡個情侶湯順便工作工作，真是一舉兩得的好差事呢。』

『對呀，我就知道橘姐姐對我最好了！』

『好說，老娘還有事忙，先掛囉，有狀況再給我電話。』

『沒問題，掰伊。』

機會來了機會來了機會來了。

動歪腦筋動歪腦筋動歪腦筋。

聰明如我聰明如我聰明如我。

不過還是有點良心不安，想想該有的禮貌還是要顧到，於是我先打了電話給女朋友：

『妳喜歡泡溫泉嗎？』

『咦？可是現在已經不冷了耶。』

『說的也是。』

『怎麼了嗎？』

『沒呀，隨口問問。』

『是——』

『就醬囉，掰。』

我有先問過囉。

鬆了口氣放下顆心，緊接著我又緊張了起來，因為這是老子第一次有機會找藉口打電話給玉嬌龍。

噗通！噗通！噗通！

『喂？』

『是我，小葉。』

她遲疑，不是吧？沒把我記住？騙人。

『橘的朋友，小葉。』

『哦…那個愛裝可愛的網友呀。』

嘖！幹什麼聲音那麼好聽就是愛字字帶刺的。

『有什麼事嗎？』

坦白說，我對妳性幻想好久了。

『我記得橘說妳是個旅遊採訪記者。』

『哦…是呀，怎樣嗎？』

妳有沒有也對我性幻想呢？

『剛好我聽說最近中部的谷關有個溫泉會館很ㄏㄤ，想說妳不知道有沒有興趣去採訪？因為我紛紛聽到好多朋友都在打聽這家溫泉會館的旅遊情報。』

『是哦，那謝謝你囉，我會找時間去採訪的。』

何不我們一起去泡個情侶湯呢？

『而且妳說巧不巧，我剛好要去那家旅館出個差耶。』

『我不知道你還兼職應召男耶。』

『喂！』

清清脆脆的笑聲，真好聽。

『是那個傳達者啦，剛好委託人要找的對象就在那工作。』

『這樣呀，那我知道了。』

嗯，就是這樣、親愛的，讓我們一起分享彼此的裸體吧。

『我就這幾天下去一趟，看有什麼旅遊情報，寫好了再讓你先睹為快參考囉。』

這樣呀，那祝妳旅途愉快文章大受迴響囉——別想！

『咳…我是想說，剛好這個機會要不我們一起去？有個伴不挺好？』

沉默。

可怕的沉默。

『噢～～別誤會，我的意思是——』

『我真的搞不懂你的思考模式是哪裡出了問題耶！你怎麼會以為邀別的女生去泡情侶湯是ＯＫ的？』

ＯＫ呀！我邀十個的話十一個都會ＯＫ的。要不我邀給妳看？但要命的是我就是只想邀妳，怎樣！

『唔…我老是把話說的太快，意思是，我得去一趟那裡，但是又想有個伴同行，想著想著就想到妳是個旅遊記者——』

『我——』

『意思是，去了那裡妳泡湯，然後我在櫃檯拜訪客戶，這樣不挺好？』

不，不好，這樣太委屈你了。快說。快這麼說。

『這倒是不錯的提議，當天來回？』

妳真的不想和我上床嗎？

『嗯哼。』

『我討厭嗯哼這個發音。』

真難搞。

『沒問題，當天來回。』

『那明天六點火車站見？』

『晚上六點？會不會太晚了？』

『你好幽默哦！是早上六點。』

妳才幽默咧，這位少女。

『那會不會太早啦？因為晚上泡溫泉才對味呀。』

『謝謝，可是我很怕冷，不要的話就拉倒。』

咬咬牙，行，算妳狠。

『好，明天六點見，北三門。』

『別遲到。』

『沒問題。』

『再會。』

『掰伊。』

『我討厭掰伊這語調。』

『再見。』

電話被掛斷。

失策！

上次六點之前起床是什麼時候的事了?不知道。明天會不會睡過頭?拼了!

於是隔天的六點整，像個白痴一樣的開著租來的車繞著台北火車站轉呀轉的，就這麼白痴的轉到了八點半的時候，這位少女才終於姍姍來遲。

『我以為妳晃點我!』

『拜託別用那種裝可愛的聲音跟我說話，我會犯胃痛。』

要求還真多咧，也不想想自己遲到多久喲!

『SORRY，但我打妳手機都沒人接!』

『因為我把你的號碼封鎖了，本來我就沒打算給你電話的，這帳我會找時間跟菊算。』

『Excuse me?』

『確實我本來是想晃點你的。』

原來心碎是這種感覺……

『但是不知道為什麼我還是來了。』

『……』

『兩個半小時，剛好是你前兩次遲到的總數，我們這樣就各不相欠了。』

『雖然我覺得好受傷，不過很高興妳到底還是來了。』

把臉轉開，她不讓我看見她此刻真正的表情。

沉默了好久好久，她才說：

『走吧，這裡不能暫停。』

走吧！這一開始就把我的心傷了的旅程。

車子開上高速公路經過林口附近的時候，她才終於把臉轉向我並且打破了沉默：

『對不起。』

『嗯？』

『我對你好像不太友善。』

『嗯。』

玉嬌龍無言以對，我想這大概是因為越是習慣對別人生氣的人、往往越是不能習慣面對別人的生氣吧。

『可以問妳一個問題嗎？』

『妳為什麼討厭我？就因為我和橘的認識是從網路？』

『不是，網路只是我個人的偏見，你請不要放在心上。』

『嗯。』

『而且我沒有討厭你。』

『別客套了，我說真的。』

反正心都已經碎成了片，妳乾脆直接讓碎片再化成粉讓風吹了散吧。

『沒客套，我也說真的，我想我只是害怕。』

『為什麼要害怕？』

我看起來很色嗎？

『不知道。』

『但我想我知道，說出來我們確認一下如何？』

然後玉嬌龍就笑了，淺淺的微笑，但足夠了。

『我承認你的外表很吸引我。』

『我承認我一直對妳性幻想。』

『喂！』

『真的嘛！我這個人就是藏不住話，老把話往肚子裡放的話很容易導致便泌，妳沒聽過這說法？』

笑叉了氣的，她才說道：

『對，你確實很誠實。』

『妳也挺誠實的呀。』

直接了當的告訴對方妳想晃點他還封鎖了人家的手機號碼還糾正我的習慣用語，哼！

『正因為我被你吸引了，所以我才時時刻刻的告訴自己要小心別愛上你。』

『為什麼？因為我有女朋友？』

如果我們床上合得來妳個性又能改的好相處一點的話我是可以考慮分手的。

『不只是因為這樣。』

『橘是不是跟妳說了我什麼？』

『說了很多但我沒全記住，畢竟那不關我的事。』

『那——』

『但有句話我聽了印象不知道為什麼的深刻。』

『關於心的那件事嗎？』

『嗯，別人把心交到你手上，只會被你弄碎。』

『橘說錯了，真的，因為沒有人為我心碎過。』

『花言巧語。』

『隨便妳相不相信，沒有人為我心碎過。』

『我不信。』

真的妳要相信。

『我遇到的都這樣，被我的外表吸引，然後跑來得到她們想要的，然後我們一起快樂個幾回各取所需，然後互道珍重好聚好散簡直活像是到麥當勞去吃快樂餐，而且還是在得來速買來吃而已。』

『滿好玩的比喻。』

但我不是在說笑話。

『我看過好多身體，但心、我沒看過，我不知道我該慶幸還是該難過，妳覺得呢？』

她可能也不知道答案，於是她轉移了話題：

『你女朋友呢？』

『我不知道，我不知道她愛不愛我，我也不知道她心有沒有放在我手上，我們的交往很奇怪也很自然，她睜隻眼閉隻眼隨便我劈幾腿，我不知道她是其實不愛我還是確實太愛我，我不知道，沒想過要問，但也可能是問了她也說不上來吧。』

『你對每個女生都給這樣的藉口嗎？』

『沒有，她們很少想要我的藉口，她們多半只想和我做愛，她們不在乎我有沒有女朋友，她們沒有想要我的愛，她們可能也不知道我有心吧。』

『愛無能。』

『這是什麼?』

『不曉得，聽你說完之後，突然想到的一個詞。』

『指的是我還是她們?這愛無能。』

『不曉得，或許你們都是。』

『那妳呢?』

然後她沉默，從她的沉默裡，我聽見在廣播中莫文蔚正輕快的唱著《陰天》。

陰天 在不開燈的房間 當所有思緒都一點一點沉澱
愛情終究是精神鴉片 還是世紀末的無聊消遣
香煙 氳成一攤光圈 和他的照片就擺在手邊　傻傻兩個人 笑得多甜

》第十章《

就這麼眼巴巴的看著玉嬌龍一點客氣也沒有的獨自走進去湯屋泡湯去。
泡湯了！這最後一絲她會邀我共享情人湯的可能。
算了也罷，還是去櫃檯找人辦事先。
結果找了半天卻找不到人，最後我氣的惱的跑去餐廳打算喝個飲料喝個餐點幻想個玉嬌龍全身光溜溜在溫泉水裡泡的滑溜溜的畫面時，卻意外的發現眼前帶位的領檯正是我的目標物。
嘖嘖嘖，橘居然會給錯情報。
以陽光少男的姿態我賴著目標物開始從請她推薦招牌菜聊到天氣再到這新開幕的溫泉會館，一路又從這山區的土石流順勢再聊到她的家庭她的婚姻她的小孩，最後我隨便找了個藉口同她合照交差了事。
任務成功。
雖然連自己也覺得未免突兀多餘而且不在我的任務之內，不過我還是問了她這個問題：

『妳記得第一次約會的那個男生嗎？』

『呀？』

『咳…沒什麼啦其實，突然想到隨口問問的而已，哈哈哈。』

『吃歐巴桑豆腐哦。』

『哎喲講這樣。』

『啊你怎麼會一個人來這裡玩？』

『沒有啦不是一個人，我女朋友還在泡溫泉，我就先出來吃東西等她。』

我女朋友？講的還真自然咧。

『這樣子哦，真好吶。』

『嘿呀，哈哈哈。』

哈……不會是被捉包了吧？

『我記得啦。』

『記得蝦米？』

『第一次約會的那個男生吶，你剛剛問我的你自己忘記了哦。』

『記得呀，妳要告訴我嗎？』

『哎喲！都歐巴桑了講這個很奇怪溜！而且也某蝦米，就是兩個人吃個剉冰然後一起走路回家這樣而已，連手都害羞不敢牽吶。』

真難想像酷那個好色之徒的人生中居然也有過會害羞的這階段。

『啊你們後來還有沒有聯絡？』

『哎都二十年過去了，還聯絡做蝦米啊。』

『也對吼，啊如果有機會妳會不會想跟他見個面？』

搖搖頭，歐巴桑好堅定的說：

『不要啦，見面做什麼，我才不要讓他看到我變成歐巴桑的樣子咧！而且，我也不想看到他變成歐吉桑的樣子，這樣傷感情啦。』

『怎麼會？我覺得很溫馨呀。』

『那是因為你還年輕啦！等你變老了就不會講這樣了啦。』

『是哦，那不然等我變老了再來試看看好了。』

『而且哦，我不知道他有沒有記得我，不過我有把他那時候的樣子記下來，這樣就夠了啦。』

『我覺得他有記得妳。』

『你又知道了咧。』

『哎喲！我就是這樣覺得啦。』

然後歐巴桑笑，少女情懷，出現在歐巴桑臉上。

於是我才知道少女情懷這東西和年紀並沒有關係，不管是做了媽媽的、做了阿媽的，或者是老姑婆一輩子的女人，少女情懷這東西始終是存在於她們體內永恆不滅的。

雖然絕大多數的時候，有些女人會認為她們已經失去了這東西，但確實在我看來，只是因為沒有人問起而已。

或者應該說是，沒有人傾聽關於她們內心深處那最柔軟的部份，那放在心裡的少女情懷。

歐巴桑離開之後，我花去一根香菸的時間猶豫，最後我決定把她的那張照片刪除，就算酷會因此而拒付尾款我也沒有所謂。

反正橘沒那麼好惹。

雖然收的是委託人的錢，但被尋者的尊重，我覺得還是要照顧。

捻熄了香菸、還沒來得及叫服務生立刻收走菸灰缸時，玉嬌龍就出現在我眼前。

『妳怎麼這麼快?』

『因為一個人泡湯好無聊。』

『吼~~我這個人向來最討厭浪費了，來，我陪妳去把剩下的時間一起泡掉。』

『好呀，不過你自己去，我好餓。』

小氣巴啦鬼！

見我動也不動的，玉嬌龍邊吃了起來邊又說：

『真的很舒服欸，你不去泡泡？時間還夠呀。』

『不用了。』

不用了，有妳在身邊比泡湯還舒服。

『欸，妳有男朋友嗎？』

妳真的是個孩子的媽嗎？

『現在沒有。』

『哦！那不行，讓可口的尤物單身是不道德的，我這個人向來道德感最重了。』

妳曾經和橘的弟弟交往過？

『謝謝，不過別麻煩了。』

『是眼光太高嗎？』

而且你們還生了個小孩？

『單純的只是緣份還沒到吧我想，所謂的眼光高這件事情在愛情裡是不存在的。』

『不會覺得寂寞嗎？一個人？』

妳這樣的女孩怎麼會看上橘的弟弟？你們真的有小孩嗎？

『我不會因為一個人就覺得寂寞，也不會因為一個人就覺得我需要談戀愛。』

『有道理。』

妳這麼好的女生怎麼可以那麼糊塗呢？

『而且我的經驗是，愛上一個人的時候我才反而會寂寞。』

『怎麼會？』

妳實在怎麼看都不像是個有母愛的人。

『要不要去走走？谷關很美哦。』

很明顯的，她並不想回答我為什麼，而我只是在想，會不會、她也不想再寂寞？

我不會讓妳寂寞的！

我想這麼對她說，但結果我卻開不了口，並不是害怕做出承諾——畢竟承諾這東西本來就是有賞味期限的，而且期限的決定權就在於承諾者手上——而是因為谷關大吊橋此刻就出現在我們眼前。

『唔…是吊橋。』

『對哦，你拿吊橋沒辦法。』

我得說我可從來不是那種吃激將法會打腫臉充胖子的個性，但是說真的，玉嬌龍此時臉上的表情未免也太不可原諒了！

『就走呀。』

『別逞英雄沒關係呀。』

『走個吊橋而已稱不上啥逞英雄。』

是賣命演出。

媽！救命！兒子在外面受苦呀！

一走上吊橋我就開始在心裡喊媽媽了。

走第一步的時候我覺得我會失足摔死還屍骨無存，第二步的時候我好像感覺到哪個王八羔子在惡意搖晃吊橋——好吧！吊橋上確實只有我們兩個人而已——第三步我覺得會有土石流來襲把我淹沒，第四步我認為剛好地震就要發生，第五步我覺得世界末日到了，第六步我想乾脆咬舌自盡算了，第七步她握上我的手，第八步之後我感覺好像置身天堂——雖然我的雙腿還是抖個不停。

『你真的很怕吊橋欸。』

當全程走完這該死的吊橋之後，這是她開口的第一句話。

笑著說。可惡。

『妳可不可以抱我一下？我覺得我好像癱瘓了。』

依舊把她細細的手緊握著不放，我撒嬌的說。

我撒嬌的說，而奇怪的是，她沒有犯胃痛，她反而遲疑的問：

『沒那麼嚴重吧？』

『有。』

管妳的！都捨命陪妳走吊橋了，老子非得抱到妳不可！

所以我就抱住她了。

暖暖的軟軟身體，頸間還殘留著溫泉的香氣。

值得！

『而且腦子有點缺氧，我覺得我應該需要人工呼吸一下。』

『別鬧了。』

別鬧了，她笑著說。

清清脆脆的笑聲，停駐在我的吻裡，止息。

沒被呼巴掌，當然。

在回程的車上，我又同她聊起了傳達者的這個話題，我說除了那個不是她國小同學的棒球男之外，她有沒有還想要再找誰的？

『說出來你不能笑我哦。』

『我儘量。』

『只是儘量的話我就不說了。』

『更正，我不笑。』

『呵～』

少女情懷，噢～～正點，這才是最合適妳笑容的表情。

『我想找我的Mr. Right。』

『妳怎麼會覺得這好笑？這明明就很人性呀。』

把眼睛低垂著，她又說：

『我想找到我的Mr. Right，想問他為什麼還不出現？是不是我不夠好不然為什麼要讓我等這麼久？我甚至有點懷疑會不會我的Mr. Right其實根本就不存在？是不是真的我就要這麼一直孤單下去。』

存在呀！我不能是妳的Mr. Right嗎？

『所以其實我說謊。』

『嗯？』

『我不是說不會因為一個人就覺得寂寞，也不會因為一個人就覺得我需要談戀愛嗎？其實我說謊，只是逞強，還是會寂寞、其實。』

那麼，我可以讓妳不寂寞一點嗎？

我想這麼問她，但結果我沒有勇氣。

『說起來連我自己都覺得好難以置信，不過我真覺得那才是我生平的第一次約會。』

『這可真是新聞哦！你們有上床嗎？』

『沒有。』

『你真的是小葉嗎？』

『隨你怎麼說，可是我真的好困擾，為什麼不過就是接了個吻擁了個抱，我就覺得自己在戀愛了呢？越想越困擾我是說真的，甚至我連她的裸體都還沒看過耶！連床上合不合的來都還不確定耶！怎麼可能就愛上她了？你幫我分析分析好不不好？這是戀愛嗎？』

『我想我恐怕沒有辦法幫你這忙，因為我也很困擾到底什麼情形現在？老子花了錢是要聽我初戀情人的後來，可不是聽你這些風花雪月！而且不瞞你說，最近我跟我老婆的關係有點緊張，所以不太合適聽這個。』
『也對。』
『一開始你問我的問題。』
『啥？』
『應該這麼說吧，我一認識你的時候你就有女朋友了對吧？』
『嗯呀。』
『但這是我第一次感覺到你在談戀愛。』

噢～～我真的壞了腦子了我！居然就對酷說起這些來了。

沒啥帶勁的描述起那歐巴桑的近況，她的家庭她的婚姻她的小孩，我說她看起來好有母愛好有耐心的樣子，我想她應該是個好太太好媽媽而且我最可以確定的是——她是個好領檯。

『嗯。』
『而且她還記得你哦。』
『真的假的？』
『嗯，我有問她。』

更正，不只是女人，男人也會有少男情懷，看看我眼前這個台到不行的酷就是個最好的例子。

『那、最重要的照片咧？』

『我那天相機剛好沒電。』

『吭？』

『就讓她永遠是你記憶裡的模樣不挺好？』

『也好，不過我要求尾款要打對折。』

『好呀，不過我聽說橘有幾個朋友在幹殺手。』

『開玩笑的啦！喏，這是尾款。』

謝謝凱子爺。

『對了，我買了一張唱片要送你。』

『是哦?為什麼？』

『因為沒拍到照片所以想說送給禮物給你聊表歉意。』

接過我手中的唱片，拆開一看，是吳宗憲的『你比從前快樂』。

『我特地買了周杰倫唱的那個版。』

『謝謝，不過……』

『嗯？』

『幹。』

哈！笑死我。

『我不要，你拿回去。』

『為什麼？你不希望她比從前快樂嗎？』

『我當然這麼希望，不過這裡有點道理我得告訴你。』

『洗耳恭聽ING。』

『快樂是沒得比較的。』

『這是個什麼道理？』

『怎麼解釋我不知道，不過就是這麼一回事。』

並且：

『以後你就會知道。』

嘖！典型的老人家用語。

『那不然這樣好了，你告訴我那女生是誰，我就不跟你計較照片的事情。』
『你又不認識，知道了又怎樣。』
『雖然不認識，但就是想知道。』
『那麼三個字，老子辦不到。』
『那是五個字。』
『哎～～隨便啦。』
『瞧你意亂情迷到字數都不會算了。』
『聽你在放屁，我是懶得跟你認真講話。』
『嘖嘖嘖，小葉戀愛了。』
『謝謝。』

謝謝酷這個該死的豬頭大嘴巴，居然替我在社群的網址發了篇打油詩：

小葉戀愛了　對象不知道　還請橘大人　麻煩多查查

要命！真要命！

》第十一章《

雖然我說把尾款的一半轉帳匯到橘的帳戶就可以，但橘還是堅持要我當面交給她。

而橘也真是夠愛瞎操心的，她延後了手邊的跟監工作，立刻就買了宵夜以及一大包糖果來我宿舍探我。

照例是吃飽喝足之後，舔著棒棒糖、我把加倍飽滿的信封遞過去給橘，接著橘照例抽出一半鈔票再遞還給我之後，劈頭橘就問道：

『你是不是瞞著我什麼？』

裝傻ING。

『跟我裝傻也沒用哦，酷都告訴我了。』

裝傻AGAIN。

『哦…妳說酷那事呀，對！確實我是有事情沒告訴妳。』清了清喉嚨：『是這樣的，那天我確實是帶了相機而且充飽了電也拍了照片，但問題是那位女士說回憶比較美而歲月太殘酷——』

『少跟老娘打哈哈！你知道我問的是什麼。』

我就是不想回答妳問的那什麼。

『你老實說你跟誰去泡湯？』

等一下，這裡有個什麼我覺得不是很對勁。

『她沒跟妳說嗎？』

『哪個她？我認識？』

她沒跟橘說。

所以愛對妳來說只是個話題？

嗯，而且聊了之後通常就會打住話題。

為什麼？

因為太無聊了，關於愛這個話題。

好奇怪的感覺，為什麼明明玉嬌龍沒跟橘說對我們而言都比較輕鬆，可此時此刻的我卻輕鬆不起來反而覺得好難堪？

對她而言，我連個話題也不值得一提？就這麼沒必要對好朋友提起？

她一點也不困擾嗎？不困擾那個吻那擁抱那牽手算什麼？不困擾明明我知道她喜歡我而她也知道我喜歡她但——

手機響起，是我哥。

來的真巧。

『人生是團狗屎！哇啦啦嘰呱呱。』

『是我哥，妳要跟他說話嗎？』

『為什麼這樣問？』

『因為妳的臉告訴我，妳在等我這樣問。』

『……』

把手機遞過給橘，橘接過猶豫了三分鐘不知道有沒有，然後她才說：

『你這樣的分手算什麼！』

然後橘掛斷手機，雖然眼睛有點溼，但口吻還算有HOLD住的說她要走了。

『不管那個女生是不是我猜的那一個，你都自己保重。』

『為什麼這樣說？』

『因為你的臉告訴我，你需要這麼一個提醒。』

然後橘就走掉了。

然後我的手機就響了。

然後我的思緒就亂飛了。

『喂?剛那女的是誰?』

『……』

『這是個惡作劇嗎?』

『……』

『喂喂喂?你在不在呀?別耍我!』

『我現在有事,下次再打給你,晚安。』

然後我就掛了電話。

然後我撥了玉嬌龍的號碼。

然後號碼沒有回應。

一個吻一個擁抱一個牽手一天的快樂也不夠妳解除對我的封鎖嗎?

我覺得有點心灰但不至於太心傷,我心想這人生反正沒有什麼事情是過不去的,就算真遇到過不去的事情時也別太在意,反正只管好好睡他個一覺再醒來就可以。

雖然哥哥是個自私的渾帳,但我想他的這點理論倒是很正確:睡覺有益身心健康。

所以我才擔心我是不是不再健康了,因為躺在床上翻呀翻的怎麼我就是眼睛睜的大大的;我甚至把《追憶似水年華》給翻了開看,但沒用,連這最後絕招都對我不再管用。

就這麼睜大了眼的盯住天花板和它培養著感情時，突然的有了一個好荒謬的念頭。

我突然認真的以為那個小短腿其實就是橘的小孩，而且還是橘和哥哥的小孩，至於玉嬌龍是小短腿媽媽的這件事情則是橘在唬弄我，我想可能是橘冰雪聰明兼先見之明察覺到我的不對勁，所以故意開這玩笑來澆我冷水。

橘這小淘氣！真是有夠愛鬧的。

好安心。

把這事的前後經過給想了通之後，我好安心的睡了著。

一夜無夢的好眠接著超級難得的早起之後，我在出門買早餐的途中突然想到要不試試用公共電話撥玉嬌龍手機？

聰明。

依舊是沒有回應。

她更聰明。

原來我的號碼在她心中等同於沒顯示的來電。

只是個沒顯示的來電，連朋友也稱不上是。

也對，反正我們也不知道彼此名字，也對。

很好，小氣巴啦彆扭難搞，老子決定不要再理妳。

雖然我心裡這麼決定著但結果做的卻是買了兩人份的早餐然後跑去找橘。

『早安哪，橘姐姐。』

『我猜你要不是活膩了就是想找死。』

『這兩者有什麼差別嗎？』

『沒有，但你不馬上滾蛋再吵老娘睡覺的話，這兩者會先後發生在你身上。』

『怎麼做？先用扁鑽刺我再用——』

『吼～～走開啦！我很睏耶！沒心情跟你哈啦啦！』

『橘請且慢，我有要緊事跟妳商量。』

『最好是有夠要緊，否則我肯定你小命不保。』

『是關於那個傳達者。』

『你不想幹了嗎？好沒問題，和你合作很愉快但請馬上滾蛋別吵老娘睡覺！』

『不是啦！如果是我的話妳收費多少？』

『你要找誰？』

『妳要我自己保重的那個女生。』

『我不是給你電話了嗎？』

『可是她把我的號碼封鎖了。』

『這還不夠明顯嗎?』

『……』

『天哪!你到底是哪根筋壞掉了呀?你明明有那麼多炮友你甚至還不缺女朋友,幹什麼你就是非得招惹她不可?』

『我也想知道為什麼。』

沉默。

沉默之後橘示意我跟她進去,接著橘拿起手機撥了號碼,接通之後她遞來給我。

『是我。』

『……』

『我得跟妳談一談。』

『有必要嗎?』

『有,而且很必要,否則我幹什麼冒著生命危險跑來吵橘睡覺?我甚至沒有把握離開這裡之後腦袋會不會還在我脖子上——』

『今天下午三點那個咖啡館見,別遲到。』

『別又晃點我。』

『我儘量。』

『拜託～～』

『講幾次不要用那種裝可愛聲音胃痛我！』

『那妳就別只說儘量。』

『嗯，我知道了。』

『謝謝。』

『再會。』

『作什麼用那種眼神看我？』

把手機交還給橘之後，我忍不住這樣問她。

『我已經告訴過你了自己保重，你耳根子那麼硬是怎麼樣？』

『幹什麼一直唱衰我呀奇怪溜！』

『沒有，我只是太了解她了而已。』

『怎麼說？她性冷感嗎？』

『我他媽的怎麼知道她冷不冷感，我是跟她上過床了嗎？』

橘吼了過來，起床氣真重耶這女人……

『開開玩笑嘛！作什麼這麼認真回答呀橘姐姐。』

嘖了一聲之後，橘才又說：

『她是那種很難被愛的人，當然，這並不是說我愛過她你別誤會，因為你好像越來越笨了所以我才只好囉嗦強調這點。』

『謝謝。』

『不客氣。我只是以一個旁觀者的立場這麼告訴你而已。』

『此話怎講？』

『此話怎講我不知道，但我希望你想清楚了再決定要不要愛。』

並且：

『愛是很珍貴的稀有，別讓它到頭來只剩下傷害。』

結果我這個委託人所付的代價是幫橘打掃這顯然她住進來後就沒再打掃過的房子。

當我滿頭汗的把橘的房子給打掃的亮晶晶時，橘本人則還窩在棉被裡睡大頭覺。

走的時候我本來想叫醒橘跟她說聲再見並且時候不早了也該起來吃午餐了，但想想還是作罷，畢竟我並沒有真的想讓我的腦袋離開我的脖子，而且我剛有注意到橘的廚房裡當真放了隻扁鑽。

所以我只是看了熟睡中的橘一眼，然後想像著當年我哥是以怎麼樣的心情寫下那張分手便利貼並且渾帳到了極點的不告而別。

無名咖啡館——

如果這被拍下來當電影畫面的話，我個人覺得好適合被放在警匪片裡，而且還是談判橋段；關於我和玉嬌龍在這無名咖啡館裡的見面。

真是超級不浪漫的，這我們首次的告白，雖然我承認有一半的錯應算是在我這邊。

沒辦法，我總是太誠實。

『我得承認妳引發了我好強烈的性衝動，遇見妳之後我想我需要買條護手乳擦擦。』

『謝謝你的恭維，我喜歡你的誠實，但你的直接真的讓我很吃不消。』

『OK, I get it. 我會小心謹慎拿捏拿捏的。』

『嗯，請加油。』

『言歸正傳，我喜歡妳、而妳自己知道這件事，對不對？』

『對。』

『而就那麼巧的是、妳剛好也喜歡我，是吧？』

『是。』

『那既然這樣，我們幹嘛不交往？或者起碼試著交往？』

『因為你有女朋友，我不跟別人分享一個男人的。』

真小氣。

『所以妳希望我們分手？』

『我沒這麼說，而且我也不確定有沒有這麼希望。』

『怎麼說？』

『我沒有把握我們合不合適交往，因為我總有預感我們其實並不合適。』

『話別說這麼早——』

『意思是，如果我們到頭來並不合適在一起，那你豈不和你女朋友分手分的冤枉？』

『有道理，那不然我們先上床試試合不合得來？』

『開玩笑的啦！我知道了，以後我開玩笑的尺度也會拿捏拿捏。』

然後她就把臉臭了，甚至就算她把咖啡往我臉上潑來我也不會覺得奇怪。

『拜託多多拿捏拿捏。』

嘖！

『所以妳可以先把我的號碼解除封鎖嗎？』

『嗯？』

『因為我想第一個告訴妳這件事情，當我處理好分手這事時。』

『我不知道，我有點怕。』

『嘿！別只害怕可以嗎？坦白說我應該比妳還害怕、比妳還沒有把握。

『我這輩子好像從來沒認真愛上過什麼人，也沒怎麼仔細去想要愛上過什麼人，可是妳——噓，不要問我為什麼就是妳，因為說真的我不知道，但那又怎樣呢？我只要知道就是妳、這樣就可以了，不是嗎？

『而且對於愛人的這件事情妳肯定比我拿手，不、甚至可以說是全世界的人都比我還拿手，除了我哥之外、當然。

『所以妳懂我意思嗎？我沒有把握可是我好想努力，愛很簡單，如果老闆娘識相點的話實在應該馬上把那難聽死的西洋老歌換成這首愛很簡單，妳聽過陶吉吉的《愛很簡單嗎》？還滿好聽的，說到哪了？哦⋯⋯對，但我想她看起來那麼難相處所以算了別煩她——』

按住我的手，打斷我的話，安撫我的緊張，她說：

『我等你電話。』

愛很簡單。

忘了是怎麼開始　也許就是對你一種感覺

忽然間發現自己　已深深愛上你

真的很簡單

》第十二章《

本來都計劃周全了，趁大家都還在研究室的時候向女朋友提出分手的要求，可能輕描淡寫可能誠懇認真，隨便啦！反正大家都在場面怎麼樣也不會搞的太難看，分手的理由暫時還沒想到要說哪一個，但重點是我們是自然而然的和平開始交往，而分手時當然也要自然而然和平收場。

當然，如果女朋友會難過感傷不捨的掉幾滴眼淚我也不會反對，或者只是強忍住悲傷讓淚水在眼眶裡打轉的話，那畫面就更感人了我覺得。

都計劃周全了本來，結果沒想到卻硬是被哥哥的電話給打亂了計劃。

『試管拼圖？那是什麼？』

沒有照例的人生是團狗屎卻反而啦了老半天之後，我們兄弟倆才終於能夠把話題帶到主題。

『如果你連試管拼圖這東西都忘記的話，那我覺得也沒有再說下去的必要了，因為你知道，反正過去都過去了。』

『話先別說的這麼絕，你給我點時間想想。』

結果哥哥那個笨腦袋這麼一想就想掉了十分鐘不知道有沒有。

我泡了杯咖啡抽了根菸打了個呵欠順便還把手指甲給剪的乾乾淨淨，結果那個笨蛋瓜還在電話那頭困擾著試管拼圖到底是什麼。

『想不出來就算了啦，我要趕著出門了溜。』

『別催我！可惡！你知道我要從這團狗屎想出個試管拼圖是多麼為難人的一件事情嗎？我過的好苦簡直是！』

『還是說你想出來了再打電話給我？因為我真的要趕著出門了。』

『等一下我就快要想到了啦！』

嘖！這媽的自私鬼，只有他的事才要緊嗎？

『再十秒，想不出來我就要掛了。』

『別逼我！你這樣搞的我壓力好大，你知道、我每天都被導演——』

『你剩五秒鐘，五、四——』

『天哪！連自己弟弟都對我讀秒，我媽的把腦袋——』

『伸進微波爐轟了算了，再見。』

『別這樣，我想起來了。』

『哦？』

『我記得確實是有個女生送過我試管拼圖沒有錯，可是那是好久以前的事情了，那時候我甚至還沒踏進演藝圈這狗屎。』

『嗯。』

『你提醒我一下她叫什麼名字是？我常常名字和臉孔對不起來。』

『名字不重要。』

重要的是我也不知道橘的名字叫作什麼，但、那又怎樣？

『我確實是記得那個女生，但不記得我們愛的多深。』

還真媽的押韻咧！我哥這狗東西。

『真巧，她也這樣說。』

『那不就得了，我還有事忙——』

嘖！這媽的自私鬼，只有他的時間才是時間嗎？

『你給我等一下！』

雖然還不確定，不過——

『可是你猜怎麼著？人家給你生了個兒子，現在已經快三歲。』

『噢～～你還是這麼天真無邪活潑可愛，我說、不會是現在你尿布還包著奶嘴還含著吧？』

事關老子的幸福，別想給我賴帳。

『你憑什麼這麼確定那小孩不是你的？』

『嘿！聽著，我不記得每個上過的女人，但我記得我每次都有戴套子保險。』

『你才給我聽著，你要知道、保險套這東西可沒保證過自己百分百的保險。』

『少唬我，老子開始用保險套的時候你連愛要怎麼做都還不曉得咧。』

『真的，我有個朋友就是這麼個巧，就那麼點破洞就跑了那麼滴精子進去，結果你猜怎麼著？人家現在變成了個兒子而且白白胖胖粉粉嫩嫩的好可愛！』

『這種事不會發生在我身上。』

『是嗎？你仔細想想從來沒破過洞？你每次最後都有確認過？』

『最後誰會去確認這東西，累都累死了……唔。』

很好很好。

『反正我才不要奉子成婚。』

『沒人要你奉子成婚，但重點是他們小倆口過得好甜蜜，上次見面我那朋友告訴我他現在啥也不感謝就除了那一滴，他從來沒有感到這麼幸福快樂過，每每一想到他現在可不只是個兒子卻更是個老子他就把嘴笑開到額頭！你記得自己上一次有那樣的笑是什麼時候的事了？上輩子？嗯？』

『……』

『而且你猜怎麼著？他還要他兒子管他叫戶長。』

『戶長……』

心動了這白痴。

『我要跟她見面確認。』

不成，因為我是瞎掰的。

『我那朋友最近工作好忙，我想他可能沒辦法抽空跟你見面分享爸爸經。』

『誰管你那朋友來著？我是要跟那女的見面確認！』

『你兒子的媽媽？』

『對。』

『好，我問問她。』

萬歲！

萬歲的是小短腿的事搞定了，但失算的是當我到了研究室的時候才發現眼前只剩下女朋友一個人。

糟了個糕。

『嗨。』

『你來啦？你最近是在忙什麼呀？都沒怎麼來研究室了。』

唔…該怎麼開口啦！

『妳可不可以先把那些藥劑放下來？我有點事想跟妳正經談談。』

雖然不是王水，但這些藥劑也真夠瞧的，有次不小心給滴了一滴，結果我那條心愛的牛仔褲就這麼的破了個大洞。

確認女朋友把藥劑放下並且保持了安全距離之後，我決定採取開門見山法：

『我最近和個女生在一起。』

『這是新聞嗎？』

『而且我是認真的。』

『這是新聞了。』

『重點是，她說不跟有女朋友的人交往。』

『她不知道你是陳皓嗎？』

對，她還不知道我的名字是陳皓，但我想女朋友的重點應該不是在我的名字這事上。

『所以我在想，是不是方便的話我們分手比較好？』

『你現在是陳皓嗎？』

對，我是，而且我是認真的，別開玩笑了寶貝只管快快說好。

『對不起，可是我真的好想跟她在一起。』

她沉默。

噢～～謝天謝地，我現人站在她和藥劑的中間。呼！

『別哭嘛！』

『你真的該把眼鏡戴上了陳皓，我沒有在哭，我只是眼鏡髒了拿下來擦一下而已。』

掃興。

『這隻眼鏡的度數其實早就不夠了所以我老是看的眼睛痠，噢～～算了別再自欺欺人了，我一直就睜隻眼閉隻眼的和眼鏡度數不夠了有什麼關係呢？』

『瑋倩……』

『我就問你個問題，她和你的那些炮友哪裡不一樣？有特別到有必要你和我提分手？』

『我也說不上來，但——對。』

『你確定你愛她？』

『嗯。』

『愛到可以把我們這麼多年的感情不要？』

『對不起。』

『算了，我又在自欺欺人了。』把眼鏡戴上，她又說：『我們的感情早就只是個笑話了。』

『……』

『我可以同意和你分手。』

『嗯呀，謝謝。』

『可是前提是你得讓我甩她個耳光。』

『啊？』

『我的邀要求就這樣，否則我不答應分手。』

『可是為什麼咧？明明錯的人是我不是嗎？』

『錯的是你這當然是無庸置疑的，問題是我氣你但我恨她！』

『唔……』

『我氣你愛上她，我恨她讓我們非得分手不可！雖然這早就是個笑話了、我們的感情，但我還是會生氣，而且很恨她。』

『……』

『幹媽的她明知道你有女朋友為什麼還招惹你！』

真是珍貴了，這下她就連第一次的髒話都獻給了我。

『謝謝。』

『啊？』

『原來罵髒話的感覺這麼爽，我一直就想試試了，因為真的我好厭煩當個好女孩了。』

『唔…不客氣，不過我得公道的說是我招惹她的。』

然後她就呼了我一巴掌，然後我想這應該是她同意分手了的表示。

『雖然有點不太恰當，不過我還是很想謝謝妳為我哭過。』

『拜託你幫自己個忙戴上眼鏡好嗎?我沒有哭，沒—有—哭！』

『不不不，我指的是國中那時候。』

『什麼情形？』

『我把妳從第一名擠下來那次。』

『你怎麼會有這種誤會呢?』

『啥?』

『我那哪是為你哭?我是為我自己哭。那題我明明認為答案是A結果又覺得好不安因為那張考卷上未免也太多題答案是A了吧;結果改完答案確實就是A所以我被自己的沒信心給氣哭了。』

『妳記得好清楚。』

『嗯,而且我就輸你那兩分,所以才更氣,我沒想到我會失去第一名。』

『沒關係,反正妳又拿回第一名了後來,而且贏了我還不止兩分,是六分還是八分我有點忘了。』

『你也記得很清楚嘛,不過我指的不是那個第一名。』

『啊?』

『我指的是在你心裡的排名,我不在乎你又劈了幾腿又搞了幾個女人,說來好可笑可真我真的無所謂,因為我知道我永遠是第一名這樣就可以。』

『……』

『不過已經是過去式了,你知道、我這輩子就只願意當第一名。你放心、我不會糾纏不清苦苦挽回、因為我只想當第一名。所以現在既然當不了你的第一名,我寧願把力氣用在下一段感情上面,當下一個第一名。』

『聽起來妳是真的很愛我，對不對？』

她笑了。

然後她就笑了。

仰天長笑的那種誇張笑法。

本來我以為她是想用這誇張笑法來掩飾她欲流的淚，但很可惜的，她真的不是，她真的只是覺得很好笑而已。

終於媽的笑夠了之後，她好認真的說：

『愛這個字真的很不合適從你嘴裡出現耶陳皓！好不適合，而且好好笑。』

『……』

『你懂什麼叫愛嗎陳皓？知道愛怎麼做跟知道愛是什麼根本是兩碼子事，而你呢你只知道愛怎麼做、不知道怎麼愛人，我不是說氣話我是說真的，而你自己也應該知道這件事情，不是嗎？』

並且：

『沒有人會為你哭的陳皓。如果哪天真有女人為你哭了，歡迎你來要回這一巴掌。』

第十三章

『我覺得好過份喏！幹什麼她要說出那麼傷人的話呢？』

『我又胃痛了。』

『是嗎？那妳忍耐一下，因為我實在好想再繼續撒嬌一下。』

『好吧，那我吞兩片胃藥先。』

『我看可能要四片才有檔頭哦。』

結果玉嬌龍只是嚼了片口香糖。

『真的好傷心好難過喏！妳可不可以抱抱我安慰安慰我？』

『這樣的話你就不會再撒嬌了嗎？』

『嗯。』

『那好吧。』

手張開，我把她抱的好緊好緊，而且為了能把臉捱到正確的位置上，我還不惜跪了下來。

唔…應該C罩杯有，沒想到看起來瘦瘦的，結果還挺有料的嘛。

極品。

『你的手現在在做什麼呢？』

『摸妳屁股呀！小小的翹翹的好好摸哦！』

『喂！』

『那要不為了公平起見，我的也給妳摸摸？』

『夠了哦。』

玉嬌龍笑著把我推開，不過她身上的香氣還留在我的鼻腔；至於很酷老闆娘的臭臉則出現在我的眼前。

端起了咖啡我嘟起嘴巴猛吹著氣。

『你幹嘛？』

『把咖啡吹涼好喝快點。』

『幹嘛要這樣？』

『這樣我們才可以快點喝完咖啡然後離開公共場所去繼續進行剛才的事呀。』

『這樣呀，可是不巧的菊已經來了耶。』

『吭？那女人來幹嘛？』

『我忘了告訴你菊也會來哦？傷腦筋…今天本來就是我們的咖啡時間呀。』

吼～～完蛋了我！

『最好是有人忙著要趕論文做實驗沒時間跟老娘碰面啦！』

一坐定，橘咖啡都還沒點的就落了狠話先。

『唔。』

『你這個見色忘友鬼！』

妳才是超級電燈泡咧！

『錢我已經匯進你戶頭了。』

『什麼錢？』

『傳達者呀！你該死了你！我甚至還發了個媚兒給你了哦！』

『哎！我有看伊媚兒啦！可是我以為妳在開玩笑呀。』

唔…她不是，而且她開始深呼吸了。

『就是說，我看了那被尋者的資料覺得好困惑，因為如果我沒看錯而妳也沒寫錯的話，那是個墓園耶。』

『沒錯。』

愕。

『委託人並不知道他的老師已經掛點了、這是我找了之後才知道的，但尷尬就尷尬在我錢已經收了事也做了，就這麼退也不是不退也不是的時候，我突然靈光乍現的想到這任務誰說並不可行了來著？』

『還真是精采的靈光乍現喏。』

『反正你就管去給人家掃掃墓交差了事就得了，尾款收不收我無所謂了，但重點是委託人並不知道這事所以你告訴他時要記得婉轉些。』

『這事怎麼婉轉的來？』

『你家的事。』

謝謝。

『我沒想到小動他要找的人居然會是他老師欸，還以為會是初戀情人之類的耶。』

玉嬌龍說。

『小動？』

『就是我們這次的委託人。』

『是妳的朋友哦？』

『是呀，之前和他聊起的時候他聽了好有興趣說也有個人想找找。』

『小動怎麼聽起來好像是個男生的名字呀？』

『他確實是個男生沒錯呀，我認識的某個出版社的主編。』

『幾歲呀？』

『大你兩三歲吧。』

『帥嗎？』

『有點娘，怎麼問？』

一直專注於抽菸喝咖啡的橘很沒禮貌的就在這個時候噗嗤笑了出來。

『幹嘛突然噗嗤笑呀？是放了個屁想掩飾嗎？』

『小葉迪底吃醋的樣子好可愛喲！』

『妳屁咧。』

『只是個普通朋友而已，瞧你剛才緊張個什麼模樣。』

『並沒有呀，我有嗎？』

轉頭我問玉嬌龍。

『菊這麼一說，好像真的是耶。』

『拜託哦！我只是好難得聽到個男的朋友而已——』

『對哦，你身邊清一色的都是紅粉知已。』

這歐巴桑！口不擇言的就算了，居然還捏起我的臉頰來。

要命的是我還看到玉嬌龍此時把臉給轉了開。

『別鬧了啦！姐姐！』

『哦，好啦，我要走了。』

慢走！

『這麼快？妳咖啡才喝了一半不到欸。』

『我才不想當電燈泡咧。』

知道就好，快滾！

『別這樣嘛！』

『真的啦，是有事要辦，走先囉，小葉這頓你請客。』

『好呀，掰伊～～』

結果橘一離開之後，我才想繼續同玉嬌龍卿卿我我時，她卻說也想走了。

『啊？為什麼？』

沒回答我，她直接起身走人，慌慌張張的丟了三張鈔票在桌上之後，趕緊我把她追上，真是沒想到人可以把路給走的這麼快。

『嘿！怎麼啦？突然的彆扭什麼呀？』

『不知道，但我常這樣的鬧彆扭，不想理我沒關係！』

最好是沒關係啦！

『嘿！』

終於追上拉住她的手了。

『我覺得好生氣！』

『我怎麼了嗎？』

『不是，我生我自己氣。』

『嗯？』

『我以為年紀長了些經歷多了些就會跟著也成熟些，可是好討厭我還是一樣佔有慾強還是一樣愛亂吃醋！我真的…好討厭這樣的自己！』

『呃…橘說的是我呀。』

『但我說的是我自己！我容易吃醋我自己也很受不了，所以如果你覺得受不了的話我也不會怎樣。』

『剛橘捏我臉頰的時候？』

她點頭，然後我就笑了，我笑著把她給擁入懷裡，在街頭，我們相擁。

『說出來連我自己都覺得好奇怪，可是聽妳說完之後我覺得樂的不得了。』

『疑？』

『原來被吃醋是這樣的感覺呀。』

『你病了你。』

她的嘴角在我的胸前揚前，而至於我的重點則在我們之間UP。

『唔…。』

別只是唔、而且還把身體挪開！

『我知道這附近有一家還不賴的旅館喏。』

『你喲！』

『好嘛！』

『我又胃痛了啦！』

『好嘛～～』

『真是拿你沒辦法。』

還不賴的旅館。

可是好奇怪的是付了錢要了房間坐上床鋪之後，我卻感覺到什麼不對勁。

『怎麼啦？』

『說不上來，但…有個什麼的不對。』

她疑惑的看著我，看著她疑惑的臉，我這才想明白了這個什麼的不對勁。

性的氣味太重了，或者應該說是，這裡只有性。

『我不能和妳在這種地方上床。』

『這裡有偷拍嗎？』

『不不不，我的潛意識告訴我，我不能和妳在這種地方上床。』

『可是你的弟弟告訴我——』

『意思是，潛意識告訴我，妳是我的女朋友，而我從來不和女朋友在這種地方上床。』

『好奇怪的邏輯。』

嗯，因為在這種地方我只和炮友上床。這是原則問題，為什麼要有這樣的原則我也搞不懂，但反正就是這麼一回事。

『我們去妳家好不好？』

『你只是想找藉口看我住的地方嗎？』

『真的不是啦！要不去我宿舍也可以，只是得請室友迴避迴避。』

『可是我睡的只是個小小的單人床喏。』

『沒關係呀。』

『一個人睡都嫌擠，沒多餘的空間做愛喏。』

『沒關係呀。』
這次的沒關係講的比較咬牙切齒些。
『在地板咧？』
『不要，地板好硬好冷。』
天。人。交。戰。
『所以呢？』
『去妳家。』

我想玉嬌龍說的對，我真的病了我。
浪費了房間錢結果只做交談用，去到了她的家裡結果只做擁抱用。
不過值得的是，她的身體好美。
完全不像是生過小孩的身體。
萬歲！

》第十四章《

結果我並沒有去代替掃墓達傳致意，我只是走進了唱片行買了張陳珊妮的『來不及』這專輯然後約了委託人見面這樣而已。

我就是 來不及 說一聲
我就是 來不及送你
我就是 來不及

不知道是不是因為知道了老師原來掛點了的關係，在這明亮的咖啡館裡，委託人卻是陰沉著一張臉娓娓的說起他的傷心往事：

『從國小開始我最喜歡的科目就是作文，不知道是不是每個老師都這麼做，但我們班倒是會在教室後面的公佈欄上貼著老師挑選出來的作文公開來給同學欣賞。』

『想必你的每篇作文都被選上吧？』

『呵！謝謝你的抬舉，不過並沒有。那時候作文沒被選上貼公佈欄坦白說我會覺得好失望，不過後來想想倒也放寬心了，因為老師其實只是隨機的挑選並沒有認真的看過，沒關係、別露出那種表情，小學生的作文嘛、你知道，別折磨老師了。而且再說她的目的只是盡可能的想培養小朋友的自信心，作文的本身倒是其次。』

『小學生的作文嘛。』

幹嘛呀露出那種不爽的臉，明明就是他自己先這樣說的。嘖！

『不過、你怎麼知道？因為很在意所以特地問過老師？』

『因為老師是我媽，她告訴我的；不過、對，我很在意，所以特地問過我媽。』

嘖！還不是一樣。

『我不知道你們七年級生沒聯考後是不是還考作文，不過我們那年代還有，雖然比重不重，但還是考作文，想必你會猜我作文拿了滿分吧？』

沒這個想必，不過我還是各套著問；

『沒有滿分也拿高分吧？』

他笑的既得意又開心，於是我才會覺得玉嬌龍說的沒有錯；正常說話的時候他看起來就是個斯文這樣而已，但一旦笑了、整個人就娘掉了；如果我們交情好的話、我會勸他沒必要請別笑，但問題是我們連交情都談不上有、甚至截至目前為止還有那麼一點不說破的互看不順眼，所以我只是假裝沒發現這件事情。

我猜想他要不是GAY，就是還不知道自己是GAY。

好安心。不過還是盡可能的別跟這傢伙單獨吃午餐吧！他看了讓我覺得好靠北。

回過神來，他還在那頭自顧著說：

『就算只是週記我都會好用心的寫，一點馬虎也沒有的，因為我就是喜歡寫作。文字對我而言是最親密的伙伴——』

『這句話不賴。』

快快捉住話尾打斷他，真媽的是個愛高談闊論的無聊人！

『謝謝，如果我的高中老師當初也能像你這麼好心就好了。』

『嗯？』

『好像是我的志願這類老掉牙的作文題目吧！不過我還是好用心的寫、我說過，我好愛文字、我不會放過任何一個可以用心寫文章的機會。』

知道了啦！別再囉囉嗦嗦強調這點了吧。煩！

她到底在忙什麼呀為什麼還不過來？

『詳細內容我記不太得了，但重點是我寫著我以後要當作家，因為文字對我而言是最親密的伙伴…諸如此類的。』

還是乾脆去她公司找她？

『結果她澆了我好大盆冷水，她不只是在評語上大澆我冷水，她甚至還把我叫了去諷刺了一頓，噢～～天哪！我以為我已經釋懷了，但現在一講我還是覺得好難過。』

他紅了眼眶，雖然此刻他的手是閒置在桌面上的，但不知怎麼的、我就是覺得他的手好像正隱隱捏著一條小手帕似的。

『太優美了她說。她說我的文字只追求優美卻沒有生命，就是一堆字把它們優美的排列組合而已。』吸了吸鼻子，他又說：『她說撇開想像力這東西不講，入流的作家會擅用比喻、不入流的作家則亂用比喻，而至於我則連不入流也搆不上邊，因為我不懂比喻更甚至沒有想像力，我只在乎文字的優美，而光是優美是打動不了人的，她勸我放棄作家夢，她說我當個編輯替作家美化作品還或許恰當些。』

『好殘忍。』

『對！但也不對。她其實說對了，我從大學開始就寫作投稿，有的被退稿有的石沉大海編輯連稿子也懶得退，十部不知道有沒有，但有篇退稿讓我印象好深刻。』

『寫著和那老師一樣的評語？』

『差不多是，所以我就死心了。』

『嗯。』

『然後就跑去當主編瘋狂退別人的稿？』

『如果是我的話我會說因為我還是好喜歡文字所以才去當編輯的。』

『抱歉，我開玩笑的。』

『沒關係，因為你說的也對。』

『呀？』

『我喜歡退別人的稿子，尤其是那些初嚐試寫作的新人，可能是報復心態可能是心理陰影我不知道，可是我好喜歡寫退稿信，每篇我都批評的好認真好仔細。』

我只能說他真的是整一個的用錯表情了。說這種缺德話的時候臉上怎麼會合適掛著誠懇禮貌的微笑呢？而且還好滿足的樣子。

『可是你知道我最恨她什麼嗎？』

還沒說夠呀？

『她應該讓我自己去做了才知道這件事情，而不是我還沒做時就先告訴我了！』

『唔……』

『說出來可能有點誇張，不過確實就是這樣，那幾年我還嚐試著想寫作時，每每一拿起筆、她的那些話就會清晰的跑出來嘲笑我、打擊我，在這樣子的心情下怎麼可能寫的出好文章呢？我真的好恨她，她毀了我！』

『既然你這麼恨她的話，又為什麼還是想要找她呢？』

『因為我想告訴她，她傷害了我的感情。在那年、她毫不留情的批評我的文字時，她深深的傷害了我的感情。』

『但為什麼那時候不當面告訴她呢？』

『因為我那時候只是個孩子呀！孩子懂什麼感受？再說我是事過境遷之後仔細回想才發現原來那個時候我受到了好深的傷害。』

『這個嘛……』

『所以我就更恨她了。她連死都要搶先一步、讓我連恨她的這件事情都來不及告訴她！』

『嗯。』

『你相信嗎？這是我第一次對別人說出這件事情。』

『為什麼是我？』

因為我的臉看起來比較誠懇嗎？謝謝。

因為單純的只是你花了錢買了老子的時間所以能用儘量用嗎？也好。

『你們給我同樣的感覺。』

『呀？我可以保證她沒可能是我媽媽。』

『不，我的意思是，你們身上有種同樣的氛圍是、你們並不在乎別人的感受，為什麼會這樣感覺我倒是也說不上來。』

什麼跟什麼嘛！又用錯表情了你這書呆子！應該是用開玩笑的表情吧搞什麼誠懇認真成這樣？

ㄘㄟˊ！

氣氛有點擰，不過還好玉嬌龍此時終於忙完了工作到來。

空氣好像因此而重新換過一樣，當玉嬌龍坐下加入我們的時候，這咖啡館好像也因此恢復了它原有的明亮感。

連話題都換了。

沒有老師沒有掛點沒有文字也沒有打擊，我們聊聊這個聊聊那個，聊聊所有委託人認為花了錢就該花用掉的老子的時間。

所以是的，他擺在桌上原先我還猶豫著該不該收下的尾款，此時老子一點客氣也沒有的就這麼收了下。

也不曉得是聊到哪的時候，冷不防的、這娘娘腔突然的盯住我，然後問：

『你長的好像那個明星啦啦啦。』

我楞住，不知道該承認該否認還是乾脆裝作沒聽到。

『因為剛好在計畫幫他出書的關係所以淺聊過，我記得他說過好像有個弟弟。』

『嗯，我是。』

然後他得意的笑了，然後我就不懂了：這有什麼好得意的？

『世界真小，沒想到我會遇到啦啦啦的弟弟。』

『嗯，但我的名字不叫作啦啦啦的弟弟。』

可能是我的口氣有點差臉也乾脆臭了的關係，他那娘娘腔的笑容瞬間凍結在空氣裡，而桌底下玉嬌龍則握上了我的手，好像在說著什麼貼心話那樣的握法。

『哈哈哈。』

像是唸著哈哈哈這三個字那樣，他極不自然的笑著，也極不自然的轉移了話題：

『對了，妳不夠意思哦！怎麼一直不告訴我原來妳有男朋友呀。』

『因為我們才剛交往呀。』

『啊？』

『請把你的下巴接回去，什麼事有需要那麼吃驚嗎？』

沒好氣的、我說。

『不…只是你們看起來…怎麼說呢？圍繞在你們身邊的氛圍實在不像是剛交。』

別再繞什麼文藝腔氛圍了好嗎！

『哪個肛交？』

唔…玉嬌龍狠狠的捏了我一把，而至於娘娘腔則識相的說午餐時間結束了他該回去上班了。

滾回去糟蹋那些無辜的寫作者吧你這王八蛋！

不，先慢點滾：

『對了，這張唱片，送你。』

『為什麼？』

『也說不上來為什麼，不過我習慣在任務完成之後送張唱片給我的委託人當紀念。』

所以，收了之後快快滾蛋吧！

拆開了看之後，他搖搖頭，說：

『不用了，謝謝。』

『為什麼？你是蔡依林的粉絲嗎？』

『不，因為我想自己去買。』

好奇怪，他明明是回答我的話但結果眼神卻是望向玉嬌龍；真奇怪，他那好像包含了好多東西在裡面的眼神瞬間的讓我對他先前的不爽快化為烏有，甚至我還脫口問了他這麼個問題：

『欸、既然你是個主編又熱愛文字，我可不可以問你個很芭樂的老問題？』

『說來聽聽。』

『你相信真愛的存在嗎？』

『真的是超芭樂的問題欸。』

玉嬌龍笑著說。

應該是所謂的色不迷人人自迷吧！因為雖然她明明是在嘲笑、但搞什麼我看了就是好想親親她。

『我相信呀。』

打斷了我就要湊上的臉，娘娘腔說：

『我相信真愛確實存在，只是並非每個人都有那個運氣找到。』

『那你有找到過嗎？』

『嗯，我今天才知道她變成了別人的真愛。』

娘娘腔離開之後，我們沉默了一會，接著玉嬌龍說：

『我想收回我的話。』

『嗯？』

『名字並不重要，對我而言，你的名字並不是啦啦啦的弟弟，甚至你連名字有沒有都不重要，你就是你，而我愛你，這樣的你，這樣就夠了。』

噢～別這樣，別讓我像那個娘娘腔一樣把眼眶紅掉。

『陳皓，我的名字是陳皓。』

接著我拿出身份證遞過給她。

『真是另類的自我介紹法。』

『好說，而且我真的好愛這張身份證哎。』

『因為大頭照拍得好看？』

『謝謝。但重點是身份證上有我的名字、我爸媽的名字，就是連戶籍地址都有了，但妳猜怎麼著？謝天謝天，這上頭沒有我哥的名字！哈！好爽哦！』

搖搖頭，她笑了笑，然後說：

『我知道有一個不錯的地方。』

『疑？』

『比較合適你把身份證遞出來的地方。』

結婚？

想太多。

愛無能

Love fecklessness

是位於淡水的花間水岸休閒驛棧。
是可以一邊眺望淡水景色一邊共同泡澡的精緻旅館。
是一個不止有性的氣味的地方，還有其他的、其他的什麼的地方。
是我們第一次共同過夜的地方。
美好到一個不行，不止是這地方，當然。

》第十五章《

關於這筆尾款的事情我們不約而同達成當面點交的共識，並且我不再勞煩橘半夜親自跑一趟來我宿舍，而是相約在光天化日之下在這老闆娘臉好臭椅子也不怎麼好坐音樂還有點不對味可是咖啡好好喝的沒有名字的咖啡館裡。

雖然小鈺——就是玉嬌龍啦——並沒有提到也並不知道這點，但我想半夜三更和橘——雖然是個再乾淨不過的紅粉知己——獨處於寢室裡應該是比橘捍玩我的臉頰要來的更讓小鈺不舒服吧。

雖然個人頗ENJOY小鈺吃醋我，但我捨不得她吃醋；因為小鈺討厭吃醋的那個自己，所以我捨不得她討厭自己。

至於糖果也請橘別費事買了，並不是因為滿嘴糖的好孩子氣、而是因為我的那顆難搞大臼齒才弄好了沒多久——

『呀——』

『你要去看牙醫啦！已經快蛀光光了欸。』

『不要。』
『不行不要。』
『一定不要，因為這裡有點東西我得說給妳聽聽。』
『請說。』
『就像是婦產科的內診檯之於女人一樣，牙診所的那椅子之於男人——』
『屁咧！我爸就每半年固定洗一次牙。』
妳爸自己在家裡浴室洗假牙嗎？少騙我不知道！
『不管啦～～反正我不要啦！我牙又痛時妳再親我一下就好了嘛～～』
『我的胃對你這招已經免疫了。』
『唔…這樣呀，奇怪突然想到有個什麼東西得找找，走先啦，掰伊～～』
『你給我回來！』
『真的啦！我上次去看牙醫回去之後結果發了整三年的惡夢耶，沒誇張、整三年。』
『那是什麼時候的事？』
『大概是國小的樣子，妳知道、換智齒那時候，五年級吧、我想。』
『所以囉，你已經不再是小朋友囉陳皓，乖乖的給我去看牙醫，聽話哦～～』
坦白說我一直就好幻想玉嬌龍會用這種軟綿綿的聲音哄哄我，不過我可從沒想到這場景居然不是在床上卻是在牙醫診所前。

『為了要感謝妳陪我來看牙，我只好幫妳把小小單人床換成軟軟雙人床以示感激。』
『好呀謝謝，但問題是那我的和室桌要往哪擺？』
『就丟掉呀。反正有我在身邊，包準妳沒下床的必要。』
『喂！』

『喂！』
此時此刻橘也喂了我一聲把我拉回現實。
同樣是喂，但小鈺的喂裡充滿笑意，至於橘則是喂裡充滿怒氣，甚至橘還好粗魯的推了推我的額頭，真是沒禮貌。
『你一個人在那邊傻笑個什麼勁呀？』
『回味。』
『回味啥？』
『唔…個人隱私、噓～～』
『嘖！那麻煩先把手機接了再繼續回味可以嗎？響呀響的吵死人了。』
『哦……』
噢老天爺！又是那個女網友的午餐來電約，奇怪我都好多次不接她電話了怎麼她還不明白這意思？

掛掉。

『怎麼把人家電話掛掉？』

『因為是個麻煩。』

『是哦。』

『我看我還是直接換個門號快。』

『你們兄弟倆真是一個樣。』

嘖嘖嘖！了不起！

橘的表情真是把不屑這意境給詮釋的淋漓盡致，簡直可以拍下來當作何謂不屑的教學示範帶了。

『欸、橘…』

『幹嘛？』

那個小短腿確實就是妳兒子對不對？

『如果有人委託我當傳達者的話可以嗎？』

『可以呀，有錢幹嘛不賺？還是他很窮付不出錢？』

而且就是妳和我哥的兒子對不對？

『非也。那、如果這個委託人想找的對象是妳呢？』

『哦？這有趣，是誰呀？』

深呼吸，別緊張，扁鑽放在她家裡，別怕。

『我哥。』

怕怕！

『別、我這邊的臼齒才剛整好所以被呼了巴掌會好痛，要不右臉給妳呼可以嗎？』

『可以呀，只是這樣我巴掌會呼的很不順手。』

『好吧，那別麻煩了，來，我們來聊下一個話題。』

『……』

『我說這個…妳對台灣的未來感到憂心嗎？』

『我對你感到很憂心。』

『唔…別用這麼嚴肅的表情跟我說話嘛！亂不習慣的耶。』

『你該死了你！幹什麼跑去跟你哥說我的事！』

『就、單純的兄弟間閒聊增增感情這樣嘛。』

『去你媽的增感情！我差不多三年不想跟你講話！』
『別這樣嘛橘姐姐！我哥真的只是想再見妳一面而已呀。』
『這就好笑了，以前他像逃跑似的把我甩掉，現在倒是想見面了？』
『真是個混帳王八蛋。』
『那個混帳王八蛋想幹嘛？』
『這我就不瞭了，還是說妳跟他見面之後再跟我說說？』
『三年後見，你這個小王八蛋！』
『橘！』
她不理我，這次她真的火了，糟～～
『妳年輕的時候就沒犯過什麼錯、就沒無心傷害過誰？』
很好，她停下腳步，雖然背影依舊火光四射。
『我年輕時犯過最大的錯就是愛上你哥那渾帳幼稚鬼！而且我甚至不想承認這件事情。』
『我哥不只是個渾帳幼稚鬼，而是渾帳幼稚鬼加三級。當然、我並不是說妳眼光好差愛上那種人渣而且還在意好那麼幾年，雖然嚴格說起來我哥他只是一頭長的漂亮的豬，但我並不會因此而質疑妳的品味妳知道——好，ＯＫ，我閉嘴，別用那種眼神殺我。』

『一百萬。』

『呀？』

『這個委託人，我收一百萬，值不值得隨他便。』

『唔……』

『你知道老娘的規矩，凡事都先等收到訂金再說。』

『嗯呀，不過，我想說句公道話。』

『最好是中聽的那種。』

『嗯。我只是在想，如果可以賺一百萬的話，拜託別蠢到只想個五十就收手。』

然後橘就笑了。果真被我猜中她的歪腦筋，哈！

然後哥哥就當真匯款了。果真還是我記憶中的那個大白痴。

『你現在後悔的話只是損失五十萬而已喲。』

『後悔個屁！一百萬買根我兒子的腳指頭都嫌侮辱他。』

『非常正確，不過……』

『安怎？』

『只是個題外話而且不重要甚至不關我的事，不過我聽說你最近要出個啥的書是嗎？』

『嗯哼，寫真書。怎樣？』

『出了嗎？』

『都談好了就差個簽約，你到底想說什麼啦？』

『好吧是你問的那我就直說了，我建議你別跟那編輯合作、看是要不要換個出版社或換掉責任編輯隨你便。』

『為什麼？』

『我剛好有個朋友認識那個編輯，聽說他是GAY而且愛上你還對你的屁股好有興趣，雖然不知道詳細情形、不過還是先祝你屁股平安。』

『噢～～天哪！我就猜到他是個GAY而且還愛上我！難怪他要的是我提供照片就好文字說會幫我代筆、談的時候眼神還看我看的好奇怪，而且你猜怎麼著？』

『怎麼著？』

『他說最好的話來張背部全裸當封面保證刺激銷售量！原來他打的是另個主意，我呸！』

『噢～～那真是太糟糕了，別簽、我說真的，為了你的屁股著想。』

『沒問題！我只是、噢天哪！我早猜到他是個GAY而且我從來看人沒看走眼過！但我可真沒想到原來他是一號不是零號！不不不、這不能算我看走眼，我沒看走眼、可惡！噢

～～人生真是團狗屎，啥鳥事都讓我給碰上，我這是什麼命呀我！咔啦啦嘰呱呱。』

這白痴。

我不怎麼奇怪自己做了如此冒險的推測、開了有點過火的玩笑，不但不感到不安也不向橘或小鈺確認、卻反而打從心底就是這麼認為它並且還不擇手段硬是要讓它成真不管真相是怎樣後果會如何。

我比較奇怪的是怎麼拿到訂金一半時我所做的事情是馬上認認真真的找起租屋情報來。

『你確定？』

『嗯呀，反正也快畢業了，早一步先搬出宿舍也沒差。』

『你沒同居過，對不對？』

『對呀，那妳咧？妳有嗎？』

不要有！不准有！

『也沒呀，所以別孩子氣了，我覺得同居好冒險。』

『為什麼？我們現在跟同居不差不多？只是妳的公寓真的太小了連幾件我的衣服都放的好委屈。』

『那是因為我常出差外地採訪房子大也沒必要，再說我覺得我們現在這樣好好的幹嘛要改變？』

因為只是這樣已經沒辦法滿足的了我了。

妳把我的貪心變了調了。

『妳對我們沒把握？』

『這是兩碼子事。』

『我覺得好過份，我為妳改變了那麼多，我甚至把世界濃縮到只剩下妳是重心，結果妳卻連些妥協也覺得沒必要為我做？還是說這段感情裡只有我一個人以為不再是我一個人的生活了？』

『……』

『我真的只是好想要每天醒來第一個看見的人是妳，回家的時候把門打開的時候不管妳是不是在家我都能覺得好快樂因為是我們共同擁有的家。』

『……』

『可是妳的公寓不一樣、因為那是妳的，而且空間小的我再這樣下去會脊椎側彎、雖然這並不是重點，不！這也很重要、因為健康很重要。聽我說，我只是想要我們的心可以有個地方放在一起，我只是想要妳不在我身邊的時候我還可以摸摸口袋裡的鑰匙然後覺得好滿足因為妳身上也有一把同樣的鑰匙而不是備份是我們共同擁有的。再回到妳的公寓，妳甚至連備份鑰匙都沒有給我，不、我當然不是在要妳打備份鑰匙給我，我才不要當什麼備份——』

『找個有浴缸的，廚房不重要但浴室要夠大，最好有陽台，不能沒電梯。』

耶！

我的自言自語廢話招數真的好管用。

『還有，我不會把我的公寓退掉，因為我還是希望有個自己的地方，想一個人的時候我就會回去那裡睡你不要來找我，雖然我也不知道有沒有這個必要。』

『一言為定。』

細而微小的幸福。

不知道為什麼，我突然想起村上春樹在書裡寫下的這幾個字。

很簡單的幾個字，平凡，卻打動人心。

》第十六章《

簡直像是個壞預兆似的，這大雨。

當我終於找到理想的公寓並且簽了租約離開時，結果卻遇上了好大雨，就這麼給雨淋回研究室時，卻發現研究室裡空無一人。

除了瑋倩。

『嗨。』

不理我。

『外面雨好大哦，妳有帶傘嗎？』

還是不理。算了也罷，反正本來也只是打算來拿個東西就走人的。

『聽說你要搬走了？』

瑋倩說，然後轉頭望向我。

這是分手之後第一次我有機會仔細看清楚她的臉，而不是每當遠遠看見時那張臉就立刻掉頭走人。

有個什麼的不見了、這臉。

『哦，原來如此。』

『嗯？』

『妳換上隱形眼鏡啦？妳不戴眼鏡比較好看耶。』

『謝謝，不過我是去做了近視雷射手術。』

『唔……』

——這隻眼鏡的度數其實早就不夠了所以我老是看得眼睛痠，噢～～算了別再自欺欺人了，我一直就睜隻眼閉隻眼的和眼鏡度數不夠了什麼關係呢？

又想起瑋倩在分手時說過的這些話，這才意識到了其實我好像應該要尷尬，於是就這麼尷尬的站在門口進也不是退也不是時，瑋倩又繼續了一開頭的話題：

『沒必要搬走呀。』

『唔……』

『反正我們也快要畢業了。』

『嗯。』

『畢業後我要去美國唸博士班了，我還是比較適合唸書。』

『好突然……』

『嗯。是很突然的決定沒錯，而且夏天一到我就走了，學校都申請好了。』

『夏天？』

『正確的話，是我生日那天。』

『……』

『想試試在飛機上過生日是什麼感覺。』

思緒回到了從前，從前我們還沒分手時，從前傳達者這東西才剛走進我的生命時，

我曾經同瑋倩聊過的那段對話——

『沒特別想找誰呀。』

『哦。』

『而且反正我有電話呀，想找的時候打個電話就好了。』

『那個人是誰呀？』

『就你呀。』

『哦。』

就你呀。

『那…我今年沒辦法祝妳生日快樂囉。』

『所以我才選了生日那天登機。』

『……』

『不要用那種表情看我，我不是在哭。』

不然眼睛作什麼紅紅的？

『你不知道做完雷射手術之後眼睛會變的比較脆弱嗎？』

『現在知道了。』

『把自由換回來的代價，脆弱。』

『不戴眼鏡的自由嗎？』

『你知道我說的是哪個自由。』

『……』

『我以為你要不了一個月就會回頭的。』

『唔……』

『所以我就告訴自己，那不然給你一個月的時間好了，只要你一個月以內回頭的話，我還是可以勉強和你復合沒關係，如果你要問為什麼的話，那可能只是因為去做近視手術需要有個人陪而我比較希望那個人是你這樣而已。』

『那所以是誰陪妳去呀？』

『這不重要！奇怪你怎麼老是搞錯重點呢陳皓？』

『唔……』

『重點是這一季都快過去了你卻——』

梁靜茹的《給從前的愛》，想起來了！從剛剛就一直浮現在我腦海的旋律、梁靜茹的《給從前的愛》。

是呀！瑋倩說的好對，我總是搞錯重點。是呀……

『知道我為什麼把眼鏡拿掉嗎？』

『因為終於有人告訴妳不戴眼鏡比較好看嗎？』

『你一直就覺得我戴眼鏡難看卻從來不告訴我？』

『不——』

噢…這笨嘴巴。

『算了無所謂，反正重點是你跌破了我的眼鏡。』

『疑？不是度數不夠的關係嗎？』

瑋倩瞪住我。好，我知道了，我又搞錯重點了。

『怕是沒機會了，所以趁還記得的時候我想告訴你——』

手機響起，太好了！

失誤接起，不妙了！

『為什麼不接我的電話？』

女網友。

『我現在不方便說話。』

『你他媽的現在就給我說清楚！』

噢~別吼、寶貝，那聲音吼了會更難聽的。

『因為我有女朋友了。』

壓低了聲音、我說。因為眼角的餘光告訴我、瑋倩正含蓄的在偷聽，而且還偷笑、偷偷的冷笑。

『這是什麼爛藉口？我在你下面侍候著你的時候你怎麼就不說你有女朋友！』

『不，我的意思是——』

『算了，我不想聽。』

『那好，再見。』

『等一下，我想確認一下。』

不是說不想聽？

『你剛說的女朋友還是之前在床上跟說我過的那個嗎？』

『不是，而且我明明是在沙發上說的，妳別記錯了，這點很重要。』

『你該不會是想說，你遇見了個新女友，然後你想跟她只保持一對一的關係吧？』

『嗯哼。』

『她有特別到你捨得放棄我幫你親親？』

『嗯哼。』

『怎麼？她有我厲害嗎？』

『這不關妳的事。』

『現在不是在床上，為什麼不能說？』

『反正不關妳的事。』

『還好我沒戴眼鏡。』

『啥意思？』

『要不你可真跌破我眼鏡了。』

『……』

『聽我說，你或許性能力不錯，但我懷疑你有沒有愛人的能力。』

然後女友網把手機掛斷。

『嗯，好吧，那就先這樣囉，掰掰。』

把手機塞回牛仔褲後口袋時，瑋倩起身經過我的身邊，她臉上的表情告訴我再怎麼裝也沒有用，她不用聽到全部就能猜到個十之八九了。

但她沒說破、可能是覺得與她無關了，我不知道；她只是說了方才那未完的話，怕是沒機會了、所以趁還記得時告訴我：

『你要不回我欠的那一巴掌的，我有把握，並不是因為我要去國外的關係，你知道我意思。』

然後瑋倩就走掉了，而外頭的雨還在下著；原來她沒有帶傘，因為她把我的傘給幹走了。

搞錯重點。

然後橘來了電話，而我的心沉到連自己也看不見。

『你到底跟你哥亂說了什麼！』

『我現在不方便說話。』

『你給我講清楚到底這怎麼回事！什麼時候老娘跟他有了個兒子我自己不知道！』

我現在不方便說話。

『喂？喂！你簡直差勁透了！』

電話被掛斷，起身，我離開。

我一個人走　自由了但要往哪走
我相信你人是好的　但那愛呢

走出唱片行之後，我筆直的來到小鈺的公寓樓下呆坐著，我呆呆的望著雨，哼著那首趕不出腦海的旋律，而手裡緊握著的是那張專輯，卻不是這門的鑰匙。

小鈺還是沒有打備份鑰匙給我，可能是沒有必要。我猜。

我們要有屬於自己的公寓了，有個浴缸浴室好大的那種。我想。

這是她自己的地方，不歡迎我的進駐。我猜。

我不知道自己呆坐了多久，但我知道我的樣子看起來一定好糟糕，否則沒道理小鈺一看到我就用一種心急到幾乎要哭出來的表情看著我。

『怎麼啦?你在這裡多久了?怎麼不打個電話給我?』

不過終究小鈺還是沒有哭，所以瑋倩欠我的那一巴掌我暫時還是要不回來。

而且或許瑋倩說的好對，沒有人會為我哭。橘說我差勁透了，說的好對。我懷疑你有沒有愛人的能力，女網友說。

說的好對。

搞錯重點。

『小短腿是妳和橘她弟弟的小孩嗎？』

我以為我這麼說了，但結果我沒有，我還是問不出口。

『我覺得橘說錯了。』

『嗯？』

『橘說，別人把心交到我的手上，只會被我弄碎。』

『發生什麼事了嗎？』

『可是，從來沒有人，把心交到我手上過呀。』

小鈺征征的望著我，然後抱住我，然後她說的是：

『我呀，我把心交到你手上了。』

搞錯重點了。

小鈺也搞錯重點了，因為她並沒有那麼說，她其實說的是：

『進去先洗個熱水澡吧，這樣穿著溼衣服會感冒的。』

然後我才明白，夢境與現實確實就是相反，夢裡的那個玉嬌龍不是小鈺卻是我；因為小鈺幫我把門打開，領我走進浴室，見我動也不動的，她嘆了口氣，然後幫我把溼透了的衣服褪下。

『你的裸體和我想像中的一樣可口耶。』

但小鈺接著說的也不是這句，她說：

『想想我還是把這公寓退掉了吧。』

『為什麼？』

『因為這浴室真的好小，兩個人實在擠不下，所以你別以為我還會幫你洗澡。』

然後我就笑了。我的小鈺，只要妳是對的就好了，其他人怎麼說我關我什麼事呢？幹什麼別人眼中的自己就是我呢？

『沒關係，我可以幫妳洗呀，而且其實擠一下還是可以的，來，對、再進來一點，沒關係、這我幫妳。』

在熱水底下，小鈺又說：

『而且，如果那把鑰匙是只有我一個人所有，我實在想不出來有什麼理由非堅持把它留下。』

然後我吻住她。

然後其實地板並沒有想像中的那麼沒人性的硬。

雖然小鈺還是怕冷，不過沒關係，反正有我當她的床、她的被，有我為她溫暖。

一個人的體溫是體溫，兩個人的體溫是幸福。

》第十七章《

『我們是多久沒見面啦？』

『沒算過，不過夠久了。』

『好奇怪的感覺呀，我以為你也來台北之後，我們會能夠比較常見面的。』

『確實是很奇怪，沒想到我也來台北之後結果卻連一次面也沒見過；對了，反正你手閒著也是閒著，幫我把那堆衣服摺起來可以嗎？』

『什麼？衣服原來是要摺的？』

『算了，先放著我待會自己摺。』

『說來也真感傷，在我記憶裡你還是穿著白襯衫藍短褲的模樣，我記得你那時候腿短短的滿屋子跑的好可愛。』

『謝謝，不過我記得是從國中之後我腿就比你長了，而且重點是、我們沒你以為的那麼久不見。』

『是嗎？怎麼有個菸灰缸？你什麼時候開始抽菸了嗎？』

『沒有，那是我室友的，你不要打電話跟媽媽亂講。剛說到哪？哦……我考上高中的時候你有回家一趟，你還送了我一雙球鞋你忘了？好像是恭禧我考上第一志願還是恭禧你自己發第一張唱片之類的。』

『這我倒是有點忘了，不過我還記得你腿短短的滿屋子跑的好可愛。』

『再謝，不過我還是要強調國中之後我腿就比你長了，我甚至還高了你那麼五公分、如果你還是一七五的話，還有、別再提我小時候腿短的事了好嗎？很煩吶！』

『好吧我儘量，不過沒想到一轉眼你就變成了個大學生，原來大學生的宿舍長這個樣子呀！對了、我要不要留個簽名專輯送你室友？』

『好呀謝啦他可以送他女朋友。不過我已經是研究生而且快畢業了，還有、幫我把那個箱子封箱可以嗎？對、就是你腳邊的那個。』

『封箱？要怎麼弄？』

『算了，我自己來，膠帶…吼～～那是網路線不是膠帶啦！』

這白痴，早知道就叫他把車開來借我而不是讓他進宿舍來幫忙整理了。

『問你一個問題喔，你為什麼這麼討厭我這個哥哥？我小時候明明對你很好呀。』

『是對我很好沒錯，但那只會讓大人感覺到你好優秀疼弟弟、加到分的是你而不是我。再說、你哪隻眼睛看到我討厭你了？』

『有，你有；討厭這事是不用眼睛看的、光憑感覺就知道。』
『沒有，我沒有，否則我沒必要聽你的電話牢騷。』
『是喔？我以為那是你喜歡我打電話跟你聊天咧。』
『那算哪門子聊天？根本是你自己的單人相聲。』
『那我知道了，不過、我以後還是可以這麼做吧？』
『隨你便，如果你覺得有這需要的話。』
『嗯，那我還是會繼續打的。對了、你知道為什麼我高中就來台北唸嗎？』
『我哪知道？你是有告訴過我了咧。』
『因為我覺得你好討厭我，我不在的話你好像會比較高興一點。』
『講幾次了我沒有討厭你！好吧確實我是會抽菸，你不要跟媽媽講，菸灰缸幫我拿過來可以嗎？』
『好呀，我也來一根。』

兩根香菸，一對兄弟，各自在台北生活了這麼多年時間卻始終沒再見過面的兄弟，而且也不知道原來對方都會抽菸的一對兄弟。

『我只是嫉妒只要你在的時候，大家的眼裡就只有你的存在。』

『謝謝。』

『不客氣，不過、幹嘛謝？』

『你這不是在誇獎我搶眼的意思嗎？』

『確實你是很搶眼沒錯，不過我那話並沒有想要誇講你的意思，我只是平靜的表達一個事實並沒有想要誇講的意思我說過了我知道但我就是要強調。欸、那起碼你把書放進箱子裡總會吧？』

會，哥哥確實會，不過丟的亂七八糟的。哎~~這四肢健全的殘障鬼。

『不知道他長大後會不會像你小時候腿短短的滿屋子跑來跑去的那麼可愛呢？』

『第二次，別再提我小時候腿短的事了，還有、哪個他呀？』

『我兒子呀。』

『哥……』

『我不知道那時候是做錯了什麼她那麼恨我，好說歹說的她才願意讓我看看照片，你知道她還矢口否認那是我兒子嗎？』

『聽說你那時候寫了張分手便利貼就把人家給甩了，分手的理由都沒交待一聲的就把電話換了，這樣感覺會很差，你沒被這麼對待過嗎？』

『沒有。』

『那難怪，喂！你菸灰別飄到我床上好不好！』

『喔，但這樣有差勁到要她讓我們父子倆骨肉分離嗎？』

『如果那不是你小孩呢？如果那只是她開玩笑亂講的呢？』

好吧。如果那只是我開玩笑亂講的呢？

『有人會拿這種事情開玩笑嗎？』

有呀，例如說你弟弟我。

『他就是我兒子，而我自己知道這件事情。』

『你憑什麼這麼有把握？』

『因為他長的活脫脫就是我小時候的翻版，不信的話你回家翻翻我小時候的照片。』

『幹嘛那麼費事，我又不常回家。』

『那沒關係，我手邊有幾張、下次帶給你瞧瞧？有一張我們的合照、你腿短——』

『第三次。』

『第三次什麼？』

『第三次別再提我小時候腿短的事情。』

『哦，失禮。』

『而且、小孩不都長的一個樣。』

『不，不一樣，我一看到他我就知道，我知道他就是我兒子。你沒發現到我後來沒再埋怨這個世界是一團狗屎了嗎？』

『現在發現到了。』

『嗯，這個世界原來不只是一團狗屎，因為我有個兒子，他改變了我、他讓我知道我的世界並沒有我以為的那麼糟，他是我的光我的亮我的太陽我的——』

『拜託別耍文藝腔了好不好？那不是你該走的路線。』

『哦…我只是最近在試著給自己的寫真書寫散文，對了、我換出版社了。』

『嗯，很好。』

『說到哪？哦……雖然我連自己兒子吃哪一家奶粉長大的包哪一家尿布過來的都不知道覺得好心碎，我甚至沒有把握能不能看到他穿著白襯衫藍短褲像你小時候腿短短滿屋子——』

第四次，不過、算了。

『噢～～天哪！我好難過，一想到…老天爺！我只是想要抱抱他親親他聽他軟軟的童聲喊我聲拔把，讓我起碼親口告訴他一聲我好愛好愛他……噢、面紙、面紙！』

噢天哪，哥哥就是哥哥，連哭哭啼啼的樣子都那麼上鏡頭。

『嘿！聽著，這件事情從頭到尾只是我在開你玩笑而已，我說真的。』

『才怪！你有次不小心提到未婚生子的時候我就覺得不對勁你好像是想暗示我什麼卻又不好說出口，結果你看！』

『哪次？』

『好像是在聊蚊子那一次，當然、我在聊那隻心機重的犯了規的還嘲笑我的蚊子，而你則是試圖把話題暗示到我未婚生子的這件事。』

『想太多，我說不如這樣、我把五十萬還給你，然後我們當這件事情從來沒有發生過，好不好？』

『你才給我聽好了！我這輩子已經失去太多東西，我失去我的青春我的隱私，我失去住學校宿舍當個普通學生的自由！我甚至連當個普通人是個什麼感覺都已經忘記，而現在、我竟然連做父親的權利都失去！我這是、這是什麼命呀我！』

你這是很多人羨慕的要命的命。

『哥！他不是你兒子。』

『這是五十萬。』

『這幹嘛？』

『隨便小菊讓不讓我見我兒子一面，但拜託她把我兒子照顧好，別太寵他也別太兇他，真的有必要非打他教訓的話要記得別打太大力，把他教成一個好人但不要好到讓人欺負，就算他不喜歡唸書也沒關係、反正運動也很好，男孩子還是要運點動比較好，別讓他沒家教但也別讓他看來像個娘娘腔，還有、如果可以的話每天睡前幫我告訴他一聲雖然爸爸不能在他身邊可是爸爸好愛他——』

『他—不—是—你—兒—子！』

『他—就—是—我—兒—子！』

『你瘋了你。』

『還有，替我轉告小菊，我忘了那時候為什麼沒有禮貌的分手，可是我記得我們在一起好快樂。』

『既然快樂又為什麼要分手？』

『因為沒可能每段感情都從頭快樂到尾的，而且當一段感情開始不再只有快樂的時候我就會想要結束想要逃跑，你知道、年輕就是這麼一回事。』

『把五十萬拿回去，那不是你兒子。』

『把五十萬收下去，那就是我兒子。』

『你不要無理取鬧好不好！』

然後哥哥定定的望著我，好一會、他說：

『知道嗎?雖然你已經是大學生——』

『研究生，而且快畢業了。』

『隨便啦！可是在我看來，你還是小時候穿著白襯衫藍短褲腿短短滿屋子跑呀跑的樣子。』

第五次、哎～算了。

『為什麼？』

『因為你沒長大過。』

『我聽你在放屁，老子現在足足高了你五公分。』

『我說真的，你的身體是長大了，可是你的靈魂還是我記憶裡的樣子。』

『真好笑，你是看到我的靈魂在吸奶嘴了不成？』

『那不然這個奶嘴型狀的棒棒糖是怎麼一回事？』

『噢～～別拿走！那是我最喜歡的酸梅口味耶！天哪！那是最後一根了你居然忍心拆開它！別、別——噢！你好過份！』

這個無恥的傢伙，居然當著老子的面把最愛的酸梅口味的奶嘴形狀棒棒糖放進他的嘴裡！

『反正我就是很高興你是我的弟弟。』

哥哥嘴裡含著我的棒棒糖，滴著口水如此說道，然後他離開。

沒帶走五十萬，卻忘了把車鑰匙留下來借我車搬家。

這白痴。

這白痴打動了我，不，更正確一點的說法是，他打破了我的原則——當女人想要冷戰的時候就別打擾人家的原則。

放下手邊待整理的行李我跑到橘家樓下等她，一邊守株待兔的乾等著時、一邊我疑惑著那奶嘴形狀的棒棒糖不知道橘是從哪裡買來的。

『來幹嘛？』

謝天謝地，橘見著我只是把臉臭著而不是把臉轉開。

『來道歉。』

『三年後再來。』

『嚴格說起來是兩年十個月後，不、應該是兩年九個月多一點點而已。』

『你自己知道就好。』

『可是妳說的明明是三年不想見我又不包括不接我電話。』

『別跟老娘耍嘴皮子。』

『那好吧，這是我哥的尾款二十五萬，妳可不可以先把它收好？』

『可以。』

謝天謝地，這才是我認識的橘，在再怎麼過不去的情況之下、都不會蠢到跟錢過不去。

『小短腿是妳跟我哥的兒子嗎？』

『不是，是——』

『那沒事了，我走先，兩年九個月後見囉，掰伊。』

『原來如此。』

我停下腳步，我知道我應該拔腿快跑的才對，但不知道為什麼我就是停下了腳步；或許是因為我知道橘接下來會說些什麼，而我更知道的是、那早就是我知道的事，只是我不知道的是——

『你比你哥還差勁。』

『……』

『早知道你打的是這算盤，我就跟小鈺說了。』

『……』

『你如果真的介意她跟我弟有個兒子的話，那你又何必招惹人家？』

『那不是招惹，是愛。』

『所以我說你比你哥還要差勁。』

『……』

『你哥或許是個笨蛋，被你這個弟弟騙著玩、錯把別人家的兒子當成自己親生的來愛，但他起碼比你懂得怎麼愛人。』

『如果那不是他兒子他也不會愛。』

『你在說你哥還是你自己？』

我沉默。

『你哥只是不負責任的分手但你卻是不擇手段的撒謊，你不肯承認那是小鈺的兒子還硬是推給別人。』

『我只是——』

『你只是自私！你一直就嫌呀嫌的說你哥哥自私，但在我看來你只是害怕，你從你哥哥的身上看見自己的自私，你受不了，因為你知道你比他更自私而你不想承認卻又否認不了，所以你才會更加強烈的反感！』

『我不這麼認為，我要是自私的話、我幹什麼為了小鈺做出那麼多改變？妳知道我——』

『你就是自私在這裡，你只看的到自己的改變卻看不到對方的！你知道小鈺在考慮轉部門不要採訪的工作換成朝九晚五的純編輯嗎？朝九晚五‖小鈺？天哪！我真難想像。』

我不知道。

『記不記得我說過小鈺很難被愛？』

『嗯。』

『因為她從來不肯為了別人改變她自己。』

『……』

『而你最自私的是，你甚至不願意接受對方不符合你想像的那個部份，你不接受也不敢問明白，你自欺欺人的讓我替你感到可憐。』

『……』

『記得我跟你說過的那把尺嗎？如果你過不了自己的這一關，那我勸你叫小鈺打消換部門的念頭。』

『……』

『別讓你自私的愛變成對她的傷害。』

並且：

『愛是接受，如果你接受不來，那就趁彼此還沒深陷的時候停下腳步。』

愛無能

》第十八章《

情緒轉換空間。

我想起小鈺曾經這麼形容過這咖啡館，沒有名字、老闆娘臉又很臭的這家，當然。

『心情很差、可是又不知道該怎麼說、也不知道該向誰說的時候，我就會自己一個人來到這咖啡館坐坐，喝一杯咖啡發一會兒呆，很神奇的，那些壞心情就會慢慢消失不見了。』

『挺有意思的，不過有個地方我聽不懂，妳和橘不是很好的朋友嗎？怎麼會有不知道該向誰說的時候？』

『就一般論來說我們確實是很好的朋友沒錯，我們常一起泡咖啡館說大量的話，想要做些什麼消遣又不想自己一個人的時候首先想到的就會是對方，我們的頻率很合默契很好、聊起天來做起事來完全不費力氣，但好朋友？我不知道。』

『怎麼說？』

『怎麼說呢這個⋯⋯或許可以說是，我們之於彼此是最熟悉的陌生人吧。』

『疑？』

『意思是，我們會互相傾訴對許多事情的看法，但至於心裡擱著的事則絕口不提。』

『好奇怪喲！我以為妳們熟到對方頭髮有幾根分叉都曉得咧。』

『確實是呀，看的見的我們都很熟，但看不見的則不在此限。』

『看不見的？指的是內臟之類的嗎？我倒是也和橘的心肝腸肺不挺熟，哈！』

『別鬧了，我說的是心裡的DND呀。』

『DND?』

『Do not disturb。請勿打擾，也就是心裡拒絕開放的那極私人隱密空間。』

『疑？』

『你沒有嗎？心裡的DND？』

情緒轉化空間。

這會我人就坐在這裡轉換我的情緒——心情很差、可是不知道該怎麼說、也不知道該向誰說——的情緒；不過顯然對我沒用，畢竟這裡是小鈺的情緒轉換空間，不是我的。

咖啡是喝夠了、所以應該是呆沒發夠的關係，我的情緒浮躁躁的腦子亂糟糟的，怎麼也辦不到把心平靜下來專心發呆。

——因為你沒長大過。

哥哥說。

——記得我跟你說過的那把尺嗎？

橘問。

情緒轉換空間。

『所以說妳替它取的名字是情緒轉換空間？』

『不是呀，我只是把它當成一個情緒轉換的空間而已，沒有名字的東西本來就不應該有名字。』

『那如果硬是要給它取個名字呢？』

想了想，小鈺好為難似的說：

『尋找。』

『意思是、妳想尋找什麼嗎？』

『不曉得，所以我才想找看看到底想尋找什麼呀。』

『唔……』

『不過有個東西我已經找到了。』

我嗎？怎麼把我說成了個東西？嘖！

『我的工作，應該可以算是我人生最快樂的前三名吧，當我得到這份工作的時候。』

——因為她從來不肯為了別人改變她自己。

拿出手機，撥通號碼，手機接通，我的小鈺——

『嘿！小短腿是妳兒子嗎？』

問不出口，我還是問不出口。話都已經來到了嘴邊、可我就是無法將它道出。

我還是過不了自己這關。

『我剛看到窗外經過一個女生跟妳好像喲。』

『你人在哪呀？』

『無名咖啡館呀。』

笑了笑，小鈺輕輕柔柔的笑了笑：

『那怎麼可能嘛！我人在墾丁欸。』

『對吼……我忘了妳說過。』

『你搬進去了嗎？』

『我的行李已經先進去和房子待命了，而至於在下我則在咖啡館恭迎您的大駕。』

『神經……你一個人嗎？』

『嗯呀，妳不在嘛，我一個人在那裡會好無聊，就來找臉很臭老闆娘聊聊天啦，哈！』

淡淡的笑著，小鈺淡淡的笑著，笑裡有沒說出口的歉意，我想那可能是因為今晚是我們正式搬入的第一個晚上，而小鈺卻不在，因為她要出差採訪。

——愛是接受。

『欸，妳有姐妹嗎？』

『沒呀，怎麼問？』

『因為那個女生真的跟妳好像喲。』

沒什麼女生其實。截至目前為止出現過我眼前的女性就只有臉很臭老闆娘而已。

『所以妳是獨生女囉？也沒有兄弟？』

『我沒有兄弟姐妹。』

非常簡短而乾脆的回答，很明顯的不想再繼續這話題下去的態度。

『那、妳是哪裡人呀？台北嗎？』

『怎麼突然問起這些呀?好像在拷問犯人喏。』

更明顯了，連簡短而乾脆的回答都省略的、開始轉移話題。

因為我突然發現我對於妳一無所知。

我知道妳的名字妳的身體妳的工作妳的生活，可除此之外，我對妳一無所知。

我不知道妳沒有兄弟姐妹——現在知道了——我不知道妳和父母感情好嗎?我不知道妳唸什麼學校讀什麼科系交過幾個男朋友家裡住的是什麼房子有沒有養隻好可愛的大狗——我只知道妳的現在，妳的這個人。

我只知道我對妳而言就像是多了性關係的橘，我們的頻率很合默契很好聊起天來做起來愛不費力氣而且好歡愉，可是妳心裡的DND……

我只知道妳這個人，但和妳這個人有關的人，我一無所知。

我只知道現在的妳，因為除了現在之外，我錯過的妳的過去、妳絕口不提。

妳只會告訴我妳想讓我知道的事情。

為什麼妳絕口不提?

『欸，我突然有個好荒謬的念頭。』

『嗯？』

小短腿確實就是妳的兒子，夠荒謬吧？

『我現在過去找妳好不好？』

『神經，這麼晚了耶。』

『真的啦！我突然激烈的思念妳欸。』

『太晚了啦又那麼遠……可以的話我明天早點回去？』

——如果你接受不來，那就趁彼此還沒深陷的時候停下腳步。

『嘿！』

『嗯？』

『怎麼沉默了？』

『哦…沒啦，突然分神在想一些事情。』

『想什麼？』

『妳的裸體之類的、妳知道，哈！』

『神經。』

小鈺還是笑，只是這次笑的有點心不在焉，我想那應該不是她也正想著我的裸體，

卻是——

『橘是不是跟你說了什麼？』

噗通！噗通！

『橘是不是告訴你小短腿是我兒子而你卻不想接受反而還缺德的賴給你哥哥！』

還好不是，小鈺說的是：

『轉部門的事，我只是在考慮而已，還沒決定。』

呼！

『幹嘛鬆了口大氣呀？你不想我轉部門？』

『不是啦寶貝！我當然很高興妳可以不用四處奔波，只是……』

『嗯？』

『只是，那是妳想要的工作不是嗎？人生中最快樂的前三名呀！』

『嗯。』

『欸。』

『嗯？』

『我愛妳。』

然後她就笑了，而這次的笑坦白說還真是不恰當。

『幹嘛笑呀沒禮貌！我第一次這麼認真而嚴肅的說出這三個字耶。』

而不是在床上哄著女生快把衣服脫光別在那邊五四三的搞前戲。當然、我是不會多此一舉解釋這個的。

『聽的出來呀，因為你的聲音好緊張哦。』

嘖！

就這麼聊到臉很臭老闆臉沉默的把我眼前的咖啡杯收了走然後用表情告訴我她老娘累了煩了要打烊了想回家了之後我才掛了電話。

走出咖啡館——腳都還沒踏出去門那臉很臭老闆娘就把燈從我身後全關了掉——這才想到車用完了好幾天卻還沒還給哥哥，看看時間雖然有點晚了不過反正墾丁也去不成了索性就直接把車還了吧！雖然這時候哥哥八成是在睡美容覺了可是一個大男人的還敷面膜睡美容覺實在未免不像話而且也不符合他的螢幕形象，所以管他的——

『喂？』

天哪！居然還醒著，而且居然聲音怪怪的，甚至居然旁邊有女人的聲音，要命的是哥哥居然噓她：

『噓～～是我弟啦。』

哥哥小小聲的說，不過那白痴忘記要把手機拿遠他嘴巴，於是他變成是小小聲的對我以及那女人說。

白痴。

清楚的我聽見那女人倒抽了一口氣的聲音，清楚的我認出那倒抽了一口氣的聲音——

—小鈺？別開玩笑了！大半夜的還跟自己開這種無聊玩笑，真是空虛到一個不行。

手機掛了把車開了、火速我前往那熟悉的公寓，雖然夜深了可是停車位還是好難找，但管他的反正車是我哥的而他老子錢多到再多罰單也面不改色——因為哥哥堅持要隨時隨地保持帥的形象，簡直活像是在誤會攝影機二十四小時拍著他那樣——

三步併兩步的我快跑上樓，管他三七二十一的對著門鈴就猛按。

『你是他媽的想害我被鄰居抗議到脫肛是不是！』

『晚安哪橘姐姐。』

『你最好他媽的知道很晚了！有何貴幹啦！』

『剛好路過尿有點急想借個廁所上上。』

『附近有家麥當勞，滾開快走別煩我！』

『約會中還粗聲粗氣的未免剎風景喏。』

『約你媽個屁會啦！滾蛋！』

『唔…看來妳是忘了我哥耳朵是很靈的。』

『呀…對耶。』

『白痴，不打自招。』

要命！要命！這粗魯慣了的女人此時此刻居然美美的把臉蛋給紅了起來。

『哥～～哥～～』

扯開了嗓門的我對著屋子裡吼道。

『吵死人了！進來啦。』

邊脫鞋邊我體貼的問道：

『這時候來沒壞了你們的好事吧？』

『完事了啦。』

『吼～～～』

『你再鬼吼鬼叫的就別怪我沒告訴過你老娘在廚房裡放了隻什麼。』

『莫非是那隻扁鑽？』

『嗯，而且如果你再鬼吼鬼叫的，那扁鑽就不會是放在廚房裡而是放在你頭上。』

『唔。』

『問妳個問題可方便？』

『他也來借個廁所順便再看個照片——』

『然後順便再上個床？』

唔…殺氣～～

『別、別往廚房走去，扁鑽並不適合當我帽子戴。』

『知道就好。』

『嗯，不過我想問的不是這個。』

『好啦！我還愛他啦怎麼樣！這麼多年過去我就是沒有辦法拒絕他啦怎樣！知道他想重新來過我好高興不行嗎？我犯法了是不是？還是警察會開我罰單是不是！』

『別激動嘛橘姐姐，我想問的是床上面棉被裡那一大包是什麼？』

又紅了臉、這女人，嘖嘖嘖。

『沒猜錯的話應該是你哥。』

『他是在玩窒息遊戲嗎？』

『也可能是躲貓貓吧，八成是他以為躲這樣你就看不到他…你知道、有時候你們兄弟倆真的是笨到叫人不知道該怎麼辦。』

『哥～～』

『別叫啦！』

『吼～～別掀！我還沒穿褲子啦！』

想來連自己都覺得會汗顏，我們這年紀都足夠選里長的三個大人居然就這麼的玩起了枕頭棉被戰，而且還玩的好高興。

直到隔壁鄰居捶牆壁以示抗議之後我們才意猶未盡的打住。

打住之後三根香菸燃起，一瓶紅酒開起，地上還擺有橘向來當作正餐食用的零食們，活像是畢業旅行的夜晚那樣，我們這三個人，這三個緣份好奇怪的人。

橘坐在我哥的身邊，而我則識相的坐離他們稍遠，並且禮貌的假裝沒看見他們的手此時此刻正放在對方的哪裡。

『幹嘛突然嘆大氣？』

哥哥問。

『想小鈺哦？』

嫂、不，橘問。

『對也不對。』

『嗯？』

這兩個人同時嗯。

『我只是突然想到了一件事情，然後好感傷。』

『要說嗎？』

『是關於DND的這件事情。』

橘拍了拍我的肩膀，想來是她也知道關於小鈺的DND。

『那時候我還覺得好奇怪，為什麼心裡要掛個DND難道不會卡卡的嗎？有什麼事只能擱在心裡而說不出口的，然後剛剛⋯⋯剛剛我們那樣幼稚可真的好快樂的時候，不知道為什麼我突然想到我好像好久沒有那麼純粹的大笑了，心裡什麼事情也沒有的就是快樂的笑，然後我就感傷了，為什麼我終於遇見了一個我好愛她的好特別的女生，但結果心裡卻不知不覺的開始掛上DND了。』

沉默。

沉默之後三根香菸燃起，再瓶紅酒開起，然後橘說：

『我們明天要回屏東，你要不要一起去？』

『去幹嘛？』

『去看小短腿，而且、我也好久沒回家了，雖然我也不常回家就是了。』

『你還是認為小短腿是你兒子嗎？』

哥哥點頭，不也有可能是他睏了茫了在度咕就是。

『剛好小鈺也在屏東不是？』

『⋯⋯』

『心裡擱著事不會快樂的，而你並不適合不快樂。』

最後橘這麼說。

》第十九章《

感覺好像回到小時候，當我們三個人自然地癱在床上就這麼睡著時。

小時候的每天午后媽媽總會哄著我們兄弟倆午睡，那時候我們家裡面還只有爸爸媽媽的主臥房裝有冷氣，於是我們總三個人躺在爸爸媽媽的那張大大床上滾呀滾的滾到累極倦極才肯罷休午睡。

那時候的我們腿都短短聲音都軟軟嘴裡還含著奶嘴——說出來好像不太好、不過我這個人就是藏不住話：這個螢光幕前形象深情的大明星確實奶嘴含到上小學還戒不掉——而那時候媽媽的年紀就和現在的橘差不多吧？也忘了呀，媽媽到底幾歲了現在？然而有誰真正在意過這個問題嗎？媽媽就是媽媽，對孩子而言、這樣就夠了。

而原來我好懷念小時候，這是醒來之後我的第一個念頭。

回家——

連我們三個人開車南下的感覺都像是小學生在遠足那樣，開車的人是我，右座上的橘光著腳丫子好粗魯的把雙腿放在置物箱上，至於大明星則蜷著身體好丟臉的把面膜敷在臉上。

真是天造地設的一對。

每到休息站時我們——我和橘，因為大明星打死不肯拋頭露面，不是害怕被要求拍照簽名，而是他嘴裡從頭到尾含著那酸梅口味的奶嘴型狀棒棒糖——就下車把零食名產買了光；吃吃喝喝說說笑笑哼哼唱唱的好不快樂。

呃⋯除了哥哥硬是逼我們只能聽他的專輯這點之外。

好奇怪的感覺，我竟有種這旅程永遠不要結束的希望。

好奇怪的感覺哪！因為小鈺就在那裡等我，不是嗎？

掛上了給小鈺的電話之後，忍不住的、我問橘：

『欸、妳知道小鈺是哪裡人嗎？』

『台北吧。』

『那她怎麼會和妳弟認識？』

『別問我，這我哪知道呀！他們認識的時候老娘就已經獨自一個人在台北打天下了。』

『怎麼可能妳不知道嘛！妳弟耶！』

『你還不是不知道我跟你哥交往過。』

這倒也對。

『而我高中就上台北啦！還是那年回家過年才知道家裡多了個小孩哩。』

『那妳怎麼知道小短腿是小鈺跟妳弟的小孩？』

『小短腿是我兒子啦！』

『閉嘴啦！』

再塞個奶嘴棒棒糖給大明星。管用。

『我弟說的呀，小鈺根本就不想承認哪可能還會自己說呀。』

『哦……』

『所以當他知道我在台北遇見小鈺的時候他也驚訝的不得了，緣份這東西真好玩，呵。』

『那、小鈺有回去看過小短腿嗎？』

『我都說了她根本不想承認哪可能還回去看小短腿呀！而且、她根本連我弟這個人都不太願意提起更何況是看到他和他們的兒子。』

『既然如此又何必把小孩生下來？』

『可能是發現太晚，可能是怕拿小孩有罪惡感，誰曉得。』

『妳沒問過？』

『問幹嘛？就算提到小短腿她也是一樣並不關心甚至還不想聽。』嘆了口氣：『但那又怎樣呢？我要因此而全盤否認她這個朋友嗎？心裡的尺、你知道我意思。』

『嗯。』

『當然、朋友和情人還是不一樣的，尺度不一樣的。』

『……』

屏東。久違的家。

我們先把大明星放回我家裡接受長輩們的疼愛當他家裡的大明星，而我們這兩個老百姓則繼續南下一點點到墾丁接小鈺，還有、工作。

『那陣子老娘很火大你所以沒告訴你這個CASE。』

『唔。』

『看到那個廚師沒有？正在和服務生打情罵俏的那一個…他就是我們這次的目標物，你去和他聊聊。』

『聊什麼呀？』

『隨便哪！稱讚他的料理好吃墾丁好美天氣好好…隨便啦！這次又沒收多少錢。』

『這次的委託人是誰呀？』

『陌生人，從拍賣網站上看到這訊息的人，只知道是個女的而且訂金有匯過來。』

『終於不再是朋友或者朋友的朋友囉？』

『嘿呀！這事業終於走出朋友圈了！所以我好高興就不跟她喊價了，做個紀念咩！好好聊囉，來去。』

『喂喂喂！妳要去哪呀？不陪我一起去聊哦？』

『不要呀，我對身材變形的歐吉桑沒興趣。』

『吼。』

『先找小鈺去囉，掰。』

『我也要去！』

『你給我乖乖辦正事先。』

然後這女人就開開心心的走掉了，真是什麼跟什麼。

反正錢也沒拿多少——這可是橘自己說的——所以我只是認認真真的看了他幾眼——而且說實在的多看幾眼也沒用，因為他的長相簡直就像是A片男主角那樣、幾乎沒有存在的必要——然後盯著他胸前的名牌確認之後，我說了小鈺住的那飯店然後問他該怎麼走，等他好仔細的回答完畢之後，立刻我就走人交差了事。

打了手機問了房號按了門鈴，門打開，我最愛的小鈺！

『你還真的來了呀。』

『開玩笑！昨天沒來成今天管他的硬是要來，哈！』

『呵，真拿你沒辦法。』

『怎麼來了墾丁還窩在房間裡呀？』

怎麼妳身上總是這麼好聞呀？

『外面好熱嘛！本來都收了行李要退房的，結果剛好你就來了電話，一個人也不知道要幹嘛就窩在房間吹冷氣寫稿子算了。』

『吼～～吹冷氣寫稿子有必要穿細肩帶還褲子這麼短嗎？真是不可原諒，快快讓我幫妳把衣服脫掉試試這床軟是不軟！』

噢～幹！作什麼門鈴偏偏要挑在這個時候響起啦！

『還不用打掃沒關係，房間我們還要用。』

塞了一百塊給門外的人，結果門外的人不但不識相的拒收還把我給吼了回來：

『你最好是他媽的把我當成阿桑掃房間啦！』

『唔…。』

『喂！你搞什麼比我還快到？』

『說到這、妳怎麼反而比我晚到？』
是不會識相點再晚他媽的幾小時到嗎？嘖！
『找停車位。』
『飯店就有停車場不是？』
『咳…老娘開這麼久車但好奇怪怎麼可是弄不好倒車入庫嘛！車尾還給ㄇㄠ了一個洞，如果你哥問起的話就說是你弄的，知道嗎？』
知道個頭啦！
『欸，你們幹嘛站在門口呀？』
『哇塞！妳穿的好性感哦！對嘛！來墾丁就是要這樣才對嘛！好了，妳行李收好沒？走了走了。』
『走哪去？』
『你沒跟小鈺說？』
嘖！作什麼這女人動不動就用眼神殺我呀！奇怪溜！
『剛好我們都回家，所以想說妳要不要到我們家坐坐？』
為難，小鈺為難。
『可是我不習慣這樣。』

『不會啦！我們家人都很好相處欸！還有大明星哦！我哥也回家了。』

為難，小鈺還是為難。

『妳不想認識我家人嗎？』

『我不習慣認識別人的家人。』

『別人？在妳眼裡我依舊只是個別人？』

氣氛有點僵，而橘見狀則極不負責任的說難得來到墾丁她要去個星巴克喝杯咖啡然後她就火速走人了。

娘的咧！幹嘛不說難得來到墾丁她要去個7-11買個純喫茶算了！

『或者只是吃個晚餐嘛！讓我媽媽他們看看妳呀！我已經跟我媽媽說了耶！她好期待耶！』

『是哦？你跟你家人說了就是唯獨不用先告訴我？你還真是會尊重人喏。』

『我那時候在開車呀！心想到了再告訴妳也一樣嘛。』

『我要先回台北了，反正我就是不喜歡到別人家裡。』

『他們不是別人！那不是別人家！那是我家、我的家人！為什麼妳總是要把一切撇的那麼清楚！』

『你什麼意思？』

『妳就這麼無法接受別人走進妳的心裡嗎？』

氣氛更僵了。

實在是很受不了但此時此刻我腦子裡突然冒出一個好不相干的問題——對了、我連小鈺的星座也不知道——天哪！快被自己的無聊給煩死了我！

『一開始我就告訴過你、我不會像你前女友那樣愛你，你也不能要求我依照你想要的方式愛你。』

對，妳說過，好，我讓步。

『那我載妳到小港搭飛機？』

『嗯？』

『妳有查過班表了嗎？』

『還沒有。』

『那要不要先去我——』

『不要，我自己坐車去沒關係。』

『妳為什麼要這麼害怕這地方？』

『你哪隻眼睛看到我害怕這地方了？』

『是因為這地方有什麼妳害怕見到的人嗎？』

『我幹什麼要害怕？而且、橘跟你說了我什麼是不是？』

『只說了妳跟她弟弟交往過，是嗎？』

『是又怎樣嗎？我什麼時候問過你之前感情的事了嗎？』

『妳愛他愛到連提都不能提嗎？』

『拜託！誰告訴你我愛他了？而且提都不提只是因為那段感情是個失敗，失敗到不值一提！』

不愛他幹嘛跟他生小孩？那段感情是個失敗又幹什麼要跟他生個小孩！

我的憤怒在燒，我的理智在燒，我捉拿不到的感情、在燒。

我不知道我該不該說，但我知道我不該挑在這氣氛很僵的時候說，然而我卻還是說了：

『也失敗到讓妳連你們的兒子也不承認？妳把他生下來卻見也不見他一面？妳既然沒準備好要當媽媽妳做什麼又把他生下來？妳有沒有想過小孩子的感受？妳知不知道我覺得好痛苦？橘說我們心裡有把尺，我們不該用心裡的尺來衡量對方，可是我真的很痛苦，為什麼我明明那麼愛妳結果妳卻是——』

妳為什麼不說話?妳為什麼只是看著我?妳為什麼把眼淚流下來。

『謝謝你從來不和我提這件事情卻自己悶在心裡痛苦。』

『DND，那次妳問我的，我沒回答妳，對，我也有了我的DND，認識了妳之後，我心裡開始有了DND。』

『所以如果我是個非婚生子的女人讓你很痛苦?』

『如果?』

『我早告訴過你了，所謂的了解並不存在。』

『小鈺……』

『而我最討厭的就是像你們這樣，自以為是的了解對方、還問也不問一聲!』

『對不起。』

輕輕柔柔的笑，小鈺笑著流淚:

『你問我心有沒有交到你的手上，我覺得好好玩的是，別人已經把心交到了你手上，可你怎麼會不知道呢?怎麼會還要問呢?』

『我不要失去妳!妳告訴我我沒有失去妳好不好?』

小鈺沒有告訴我，小鈺說的是:

『剛遇見你的時候，你有張好快樂的臉，孩子氣的、好快樂，那時候我還不知道你的名字、可手機裡卻有你的來電，我覺得好為難、我不知道你的名字我該怎麼把你的號碼儲存？』

我想抱住小鈺，可小鈺卻退後，卻離開：

『所以，原來彼得潘不應該長大，也不應該有愛，有了愛，彼此潘就不會快樂，我愛你，所以我希望你快樂。』

彼得潘。

我看見小鈺手機上我的號碼我的代號，我看見手機回到了小鈺的口袋，而口袋換成了背影。

看著小鈺的背影，我彷彿看見小鈺走出我的世界，而我卻癱軟的連追上的力氣都失去。

》第二十章《

『你人生中的第一個記憶是什麼？』

在大鵬灣的堤防上，他這麼問我。

而當時我正抬頭看著天上的星空，想的不是為什麼同樣是天空在同樣的島嶼上但南北卻落差如此之大、而是儘量的不要去看他的臉。

那是一張很好看的臉，笑起來感覺很突兀，但不笑的時候任誰看來絕對都是一張好看的臉，不知道這是不是他不常笑的關係，還是因為這樣所以他不常笑？

有些人天生就是不合適快樂。突然的、我心裡冒出這幾個字，關於他的臉，以及他的這個人。

或許，還有小鈺。

『我忘了。』

誰會去記得這種事情？

『我記得。』修長的手指把香菸彈向海面，完美的拋物線。『那時候我們都好小好小，我應該是連爬都還不會吧，所以我姐應該也是剛學會走路而已，有人說小孩在五歲之前不會有記憶可是很奇怪那個畫面我就是記得清清楚楚。』

又燃起一根香菸，抽起菸來活像是在拍香菸廣告的臉，簡直是比我哥還更合適上鏡頭的臉；奇怪這樣的臉怎麼會是窩在這種鄉下地方而不是跑去螢光幕前演偶像劇？

『那時候我哭著鬧著跟我姐要抱抱，但結果她沒抱我，卻是嫌麻煩似的塞給我奶嘴應付了事。』

『所以，你現在也這樣對你兒子？』

『怎麼可能！我超喜歡和他玩的，我喜歡他眼裡只有我的存在，我喜歡最寵他的人不是我但他最愛的人就是我，我喜歡我就是他的全世界。』

這麼說我就大概明白了，為什麼他們的感情會是個失敗。

有些人就是不願意付出卻還奢望得到。

『說到我兒子，我搞不懂你哥為什麼一直要我兒子喊他作爸爸？』

『別理他，他戲演多了、常常搞不清楚狀況，如果你要管他叫瘋子的話我也不反對只是會生氣。』

『哦……不會啦，我覺得他那個樣子挺寶挺可愛的，跟電視前看到的差好多，雖然這樣好像會造成我兒子的人格偏差，不過、我想你關心的人不是我兒子，對吧？』

對。

『我很愛過小鈺，自己這樣講可能會有點沒說服力但我覺得她也很愛過我，可是我們真的不適合，我太大男人了、而她太獨立性子又太烈了，我們常吵架，我們總吵架，搞到後來我們的愛情只剩下傷害，吼～別用那種眼神看我，好啦！這句話是小鈺說的、我借來說說不行哦！』

行，請便。

『嗯，我沒有辦法專情，我就是喜歡釣魚…哦、這不是在打什麼比喻，我只是看著海突然想到這幾天都沒有去釣魚，嘿！這裡有個碼頭很適合夜釣，有機會要不要一起去？還可以看到偷渡客和走私漁船，屌吧？』

『有屌，不過謝了，我應該明天就回台北了。』

『那真可惜，剛說到哪我又忘了……小鈺，對，小鈺。可能在很多男人看來她距離感太重不好接近的樣子又自我保護意識太強……啥？沒有，她不怎麼跟我提起她的事情，我不覺得這有什麼好奇怪的呀！就是沒什麼好提的嘛！不過我是她的第一個男人——喂！是你自己問我聊小鈺的、不要聽了又擺出那種臉好不好！』

『SORRY。』

『嗯，她只是明白自己的價值。這句話是我說的我要強調。』

隨便啦。

『現在想想，我姐把奶嘴塞入我嘴巴真是先見之明，我總是不知道什麼時候該閉嘴又什麼時候該正經，不過我就是喜歡自己這個樣子，這才是我。

『我從來沒有存心想要傷害過誰，我只是單純的喜歡釣魚而已，對，現在是打比喻了；我就是喜歡偷情，愛就是愛，沒辦法；對了，我有跟你說過有個碼頭——』

『有，你有。』

『哦…那好吧。雖然我想不明白為什麼你會想見我，但我感覺得出來你很討厭我，是因為小鈺吧我猜。對，我們是交往過沒錯，認真的那種，起碼我有試著要認真；半年不知道有沒有，時間不算很長、但已經足夠讓我們明白到彼此並不合適交往了。

『我剛說過了吧？我喜歡偷吃，我以為我改的了、但原來我改不了，我抗拒不了誘惑、我喜歡被誘惑，愛就是愛。

『我偷吃傷了她的心，她生氣跟我分了手，從此不再見我的面，她的性子很剛烈、從外表看不出來吧？嗯，我也是這樣覺得所以才會姑且一試，但誰曉得……可能她連我的名字都不想再聽到了吧！我是覺得沒那麼嚴重呀、幹嘛要那麼決裂搞那麼僵？不過小鈺就是這樣，愛恨分明，她不是很難被愛，她只是愛恨太過分明。』

『雖然有點題外話，不過、你知道她的星座嗎？』

『不知道呀，我們沒事聊星座幹嘛？你不覺得很無聊嗎？還是你們讀書人都愛聊星座不聊功課？嘖！我自己什麼星座都不知道咧！我知道怎麼讓小鈺……好啦！我猜這個你也不會想聽對吧？』

他媽的對極了。

『那你兒子？』

『疑？我剛剛沒說嗎？呵！傷腦筋，你知道、我沒讀過多少書連高中都沒混畢業，往來的朋友都差不多都是我這個調、講起話幹來幹去媽來媽去的，自在！所以突然跟個讀書人講話我會有點不自在，不過你倒是讓我想起和小鈺交往的那一陣子，我們基本上不是同一個世界的人，所以我常常覺得不自在、可是我就是愛，你有沒有聽過一句話？人們不會記得緣份是怎麼開始的，卻會記得是怎麼結束的。』

『現在聽過了。』

『我姐她只有過年才回家，不過倒是常打電話回來，問問家裡錢夠不夠用、媽媽身體有沒有好一點、叮嚀我不要太常往外跑之類的，你不要看她兇巴巴恰北北的但其實很顧家心腸又軟；那一次我也忘了是怎麼聊的就聊到了她在台北認識個對味的新朋友，對，就是小鈺，我覺得好SHOCK，嗯，雖然我書讀不多但還是喜歡繞英文，因為霹靂火……哦、奇怪我怎麼今天一直離題？我平常很少這樣呀！讀書人？對，應該是。

『我也不知道那時候為什麼話就那樣講了出來，我只是想開個玩笑，我沒想到她會當真；好吧、我承認我確實就是要我姐當真，我要她跑去問問小鈺，然後小鈺就會生氣的打電話來罵我，我只是想聽聽她的聲音、就算只是被她罵這樣也好；我有想過去台北找她，可是台北好遠我又超討厭台北——』

『所以小鈺不是你兒子的媽？』

『我開玩笑的呀！剛不是說了嗎？』

『那你兒子他媽是？』

『你來我家的時候沒看到她嗎？和我兒子在玩的那個女人就是呀！她樣子實在稱不上好看哦？身材也不怎麼樣而且穿著打扮還很台，搞不懂我那時候怎麼會想要跟她上床：誘惑，對，我喜歡被誘惑，而且拒絕不了。

『她常常還是會回來看底迪，不過我們現在已經是各過各的生活了連床也不上了，因為我實在是受不了她每次都不肯——』

好生氣，我好生氣。

起了身我朝他撲了過去揮了拳，然後我就更生氣了。

為什麼我生平第一次的幹架結果不像李小龍卻像BJ單身日記裡那兩個男人一樣娘兒們似的花拳繡腿呢？

好生氣，我好生氣。

為什麼花拳繡腿的娘兒們似的花拳繡腿幹架法結果還能打到我們都掉進海裡呢？

好生氣，我好生氣。

為什麼我會使用健身房裡的每個器材就是怎麼也沒想過要去學游泳而且還丟臉的讓他給撈了上岸呢？

被撈上岸的我，溼的不只是身體，還有眼睛。

而原來，我不只是打起架來像個娘兒們，就是連哭泣，也是。

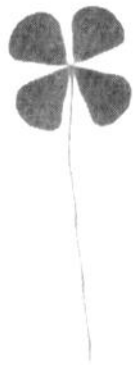

我是覺得沒那麼嚴重呀、幹嘛要那麼決裂搞那麼僵？

橘的弟弟說。

你的靈魂還是我記憶裡的樣子。

哥哥說。

你們身上有種同樣的氛圍是、你們並不在乎別人的感受。

惹人厭的出版社主編委託人說。

但這是我第一次感覺到你在談戀愛。

酷說。

你沒失戀過，對吧？所以你不會懂為什麼。

那個眼神讓我覺得好靠北的委託人說。

彼得潘不應該長大。

小鈺說。

愛

無

能

『對不起。』

此時此刻，橘說。

『沒關係。』

反正也於事無補了。

『要我幫你殺了我弟嗎？你知道、我有幾個朋友在幹殺手。』

『不用了，其實我還滿羨慕他的。』

『你是傷心過了頭所以神智錯亂了嗎？我弟耶！羨慕？』

『嗯，真的，我羨慕他，羨慕他愛無能。』

——有了愛，彼此潘就不會快樂，我愛你，所以我希望你快樂。

『嘿！你還好吧？』

不好，很不好。

橘摸了摸我的臉頰，安慰。

下意識的我把臉轉開，想避開橘這安慰的舉動，是想起小鈺說過她好容易吃醋、而她好討厭愛吃醋的那個自己，所以要是讓小鈺看見了肯定也是會不開心的吧。

這是在幹什麼呢陳皓！她早就把自己藏起來不想再見你也不想再讓你看見了，幹什麼你還改不了這習慣呢？

這因為小鈺而改變的習慣，我暫時還改變不回來。

——我是覺得沒那麼嚴重呀、幹嘛要那麼決裂搞那麼僵？

『不過小鈺就是這樣。』

『嗯？』

『沒事，我自言自語而已。』

『哦…結果小鈺申請調派海外採訪。』

『妳也去問了她公司呀？』

『嗯。』

『這樣也好，她起碼還保有自己喜歡的工作，人生中最快樂的前三名呢。』

『什麼前三名？』

哽咽。

橘捏了捏我的脖子，而這次我沒有躲開，不是因為小鈺已經不在了，而是因為我真的好需要安慰。

『結果沒想到我在這公寓裡第一個見到的人居然是妳。』

『她真的不回來了嗎？』

『不曉得，但我好希望答案是肯定的。』

雖然擺在眼前的答案是否定的。

小鈺已經把她的行李搬運清空，一開始我覺得好驚訝，小鈺一個人怎麼辦的到連夜把這些行李搬運清空呢？但想想我就明白了，小鈺的行李根本連拆箱都還沒來得及呀！

不知道她的那些行李，她要將它們放到哪裡呢？

不知道小鈺的心……

『你有去她的公寓找過嗎？』

『嗯。』

人去樓空。小鈺派的作風。決裂。

『不知道她一個人要去哪裡呢？她總該會回台灣吧？嘿！要不要我幫你查查她的資料？雖然有點困難、但只要有名字的話我還是有管道可以查到些什麼的，起碼戶籍地址總會有吧。』

——沒有名字的東西本來就不應該有名字

——剛遇見你的時候，你有張好快樂的臉

『不用了。』

『……』

『有人說愛是接受，有人說愛是成全，但我覺得，愛應該是尊重。』

我尊重小鈺的決定，我尊重小鈺的決裂，我尊重小鈺的保留，我尊重小鈺的一切。

來不及的尊重，我學會尊重。

因為小鈺還在我的心裡，雖然小鈺走出我的生命。

而原來愛是這麼一回事，不管那個人存在或離開，而愛、始終停駐。

雖然小鈺走出我的生命，然而認識小鈺的最初原因，我還是想要繼續。

傳達者。

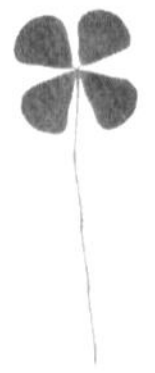

在麥當勞裡，我點的是快樂兒童全餐，而她則只要了杯黑咖啡，我看見黑咖啡往她嘴裡送了一口，不知道為什麼，我嘴裡出現苦澀的滋味。

小鈺也喝黑咖啡。

委託人看起來或許坐二望三、或許三十好幾，我判斷不出來，我還是學不會判斷女人的年紀；我只學會以小鈺為標準來判斷女人的年紀：比小鈺年輕、比小鈺老……

她比小鈺老。

委託人長了一張看起來就非常擅長於忍耐的臉，一開始我以為她的工作會是個客服人員，但結果她自我介紹道在建築師事務所工作，她清楚說明解釋她的職稱以及工作內容，但我完全性的聽不進去，因為我緊盯著她胸前的墜子，小鈺也有的墜子。

我送小鈺的墜子。

小鈺說她怕痛所以不打耳洞戴耳環，也不戴戒指是因為常得打字做事不方便，至於腳鍊連我也認為沒有必要，因為小鈺的腳踝就比任何的腳鍊還美。

於是項鍊變成小鈺唯一勉強願意配戴的飾品。

『這花了你好帥的一筆錢吧？』

『錢乃身外之物呀、寶貝。如果可以的話，我甚至願意為妳的心臟鑲鑽。』

『神經。』

『來，快讓我為妳戴上這項鍊。』

『好看嗎？』

『正點！但如果妳只穿著這項鍊的話就更正了。』

『喂！』

喂。

我在心裡這麼對自己說，然後勉強自己回過神來專注聽委託人說話。

『雖然已經分手了但我就還是好想知道他的情形，想知道他人現在過的怎麼樣？有沒有終於找到他想要的人生？確實我們是有幾個共同的朋友沒錯，偶爾我會從旁探聽他的消息然後假裝並不在意，我拉不下臉來主動開口問，就像那時候我拉不下臉來說我其實並不想要分手一樣。』

『你想知道他什麼呢？』

『你已經告訴過我了呀！你說他現人在當廚師，你說——』

哦…原來我不但沒聽她剛剛說了什麼，就是連自己說了什麼也忘記。

『但你沒告訴我重點。』

『什麼重點？』

『他有沒有女朋友，這是重點。』

『很重要嗎？你們已經分手了不是？』

『我知道，但我就是還想知道。』

『哦……』

『快十年了，其實。』

『嗯？』

『我們分手，已經快十年了。』

『怎麼會…我是說——』

『很傻吧？我知道。』

『這十年來妳都沒再愛上過誰？』

搖搖頭…

『有心動過，但都沒愛，沒心動到去愛的地步。』

『為什麼呢？他——』

『沒關係，我知道你想說什麼。他明明長的並不好看、甚至還有那麼一點的過胖、而且還沒什麼錢，撇開外表不說、個性還真是差勁的要命，在床上又很自私、只肯在下面享受……關於他的缺點我可以一分鐘之內說出一百條來，可是我也不懂為什麼，這輩子就只有他給過我愛的感覺；而那愛、我在後來遇見過的男人身上、條件比他優秀好多的男人身上好奇怪的就是找不到，愛的感覺，我沒再找到過，可能你聽了會很不明白，但——』

『我明白。』

『嗯。』

『這是尾款。』

『謝謝。』

『不，該道謝的人是我才對，謝謝你們，關於這傳達者的工作，也說不上來為什麼，但是當我看到傳達者這個訊息的時候，我覺得鬆了口大氣，這麼多年來我渾渾噩噩的過，每天做同樣的工作買同一家早餐訂同一個便當上同一家洗衣店……都沒發現到我竟然悲傷了這麼久，鬆了口氣、真的，我覺得鬆了口氣，因為悲傷終於做了個了結。』

『悲傷止步。』

『嗯？』

『我有個習慣是，買張唱片送給我的委託人，不知道如果送妳悲傷止步這專輯、妳覺得如何？』

『我覺得很感謝，不過、你替我買來送你自己吧。』

『為什麼？』

『因為這次的收費坦白說我覺得低的好不合理。』

並且：

『你看起來比我還悲傷。』

》終《

能不能讓悲傷止步 回到相識的最初
如果我們不問付出 也許愛情會看得更清楚

告別了委託人離開麥當勞之後，本來我是想走進唱片行買張蘇永康的悲傷止步送給自己的，但不知怎麼搞的、當我回過神時，卻人已經進了捷運站。

是太累了吧！累到神智不清了。

前所未有的疲累。

『回家睡個覺吧。』

我這麼告訴自己。

『可是那裡沒有小鈺。』

自己這麼回答我。

連和小鈺的回憶也沒有。

嘆了口氣，我突然有個好荒謬的念頭：

打查號台我問了那旅館的號碼，第一次和小鈺共度的那旅館、當然。

我只是想好好睡個覺，在那我們第一次擁有彼此的地方，好好的睡個覺、佐以回憶。

電話接通，我要了那個房間的訂房，但結果櫃檯竟告訴我房間已經被訂了走。

『我們還有別的空房，還是——』

『我就是要那個房間！』

然後我就生氣了。

為什麼呢？為什麼要這樣呢？為什麼哪個王八羔子台北這麼多飯館偏偏就是要住那一家台北這麼多房間偏偏他就是要了那一間而且還他媽的一要就要一個月！

為什麼呢？為什麼要搶我的房間呢？我只是想要好好睡個覺而已，我只是想要好好的和小鈺的回憶待一會——唔…等一下，這裡有個什麼很有趣。

掛上了電話，我買了前往淡水的車票，然後我上車。

疲累不見了，只剩下賭注。

淡水，花間水岸，櫃檯。

客客氣氣的我說要找個房客，然後我給了小鈺的全名，還好我知道小鈺的全名。

有時候名字確實是不代表什麼，但就那麼好玩的、有時候名字就是會帶給你什麼。

猜怎麼著？

我又搞錯重點了，當門鈴按下的時候我心想的不是：原來小鈺也需要我們初次的回憶伴她入眠；卻是：不知道這房間夠大不夠大、放不放的下小鈺那來不及拆箱的行李？

就當我沒個重點胡思亂想的時候，門打開了一個縫。

猜怎麼著？

我最愛的臉，出現在我的面前。

『不管怎麼樣，你就是找的到我嗎？』

而這是小鈺開口說的第一口話。

The End...

》終《

國家圖書館出版品預行編目資料

愛無能／橘子著. --初版，
臺北市：春天出版國際，2006 [民95]
-- 面；　公分. --（橘子作品；5）
ISBN 986-7135-27-X（平裝）
857.7　95001592

橘子作品 05

愛無能

作　　者◎橘子
企劃主編◎莊宜勳
封面設計◎聶永真
美術設計◎陳偉哲

發 行 人◎蘇彥誠
出 版 者◎春天出版國際文化有限公司
地　　址◎台北市忠孝東路四段303號4樓-1
電　　話◎02-2721-9302
傳　　真◎02-2721-9674
E-mail◎frank.spring@msa.hinet.net
郵政帳號◎19705538
戶　　名◎春天出版國際文化有限公司
法律顧問◎蕭顯忠律師事務所
出版日期◎二〇〇六年三月初版一刷
　　　　◎二〇一二年一月初版三十七刷
定　　價◎180元

總 經 銷◎楨德圖書事業有限公司
地　　址◎台北縣新店市復興路45號3樓
電　　話◎02-2219-2839
傳　　真◎02-8667-2510
印 刷 所◎鴻霖印刷傳媒股份有限公司

ISBN：986-7135-27-X
Printed in Taiwan